나도 가끔은
행복할 때가 있다

나도 가끔은
행복할 때가 있다

안효숙

뱅크북

<추천사>

아픔은 힘이 세다

강도운 / 수필가

호젓한 산모롱이에 피어난 찔레꽃 같은, 큰 두 눈에선 금세라도 눈물이 툭 떨어질 듯한, 순하고 선한 눈을 끔벅거리며 '나도 가끔은 행복할 때가 있다'고 말하는 그런 사람이 있습니다. 오래전 랭보의 전언처럼 상처 없는 영혼이 어디 있을까마는, 용서에 용서를 더하는 일이야말로 영혼의 상처를 치유하는 동시에 보다 새로워진 나를 만나는 길이 될 터이지요. 여기, 그녀가 이해와 용서의 끝에서 길어 올린 희망의 샘물 한 사발을 여러분께 올립니다.

방바닥을 치며 아무 말도 못 하고 서럽게 우는 아들 녀석을 보고 가슴이 무너졌다. 딸은 방문을 잠그고 소리 높여 울었다. 아이들에게 엄마가 잘못했다고 빌었다. 다시는 안 그런다고 다시는 안 그런다고…. 내 말이 안 들리는지 아들 녀석은 주먹으로 눈물을 닦으며 섧게 울고 또 울었다. "그 시간이면 화물기차가 두 번이나 지나갔을 텐데 큰일 안 당한 게 하늘이 도왔네요. 아이들 보고 사셔야지." 경찰관이 돌아간 후 엎드려 통곡하는 아이를 일으켜 세우고 아이 앞에 무릎 꿇었다. "엄마가 잘못했어, 용서해 줘." "엄마 그러지 마." 아들과 딸이 나를 부둥켜안고 울었다. 어리석은 내가 정말 큰 잘못을 했구나. 해서는 안 될 짓을 했구나. 후로 지금껏 벌 서는 마음으로 살고 있다.

그녀가 살아갈 수밖에 없는, 살아내야만 하는 이유는 바로 이 지점에서 발원합니다. 오직 살아야 한다는 일념만으로 신산한 삶의 그늘을 견디며 장터를 전전한 지 십수 년, 방바닥을 치며 서럽게 울던 아들은 이제 어엿한 성인이 되었습니다.

20년이 지나고 장성한 아들과 음식점에 앉아 고기를 먹는다. "엄마 많이 드세요." "너 많이 먹어, 엄마가 사줄게." 고기를 굽던 아들이 나를 보고 웃는다. "왜 엄마가 사요. 제가 살게 많이 드세요." "지금은 먹고 싶은 거 다 사줄 수 있는데."

가족이 둘러앉아 고기를 구워 먹는 모습을 보면서 두고 온 아이들이 떠올라 눈앞이 흐려졌던, 그럼에도 모처럼 만난 아이들에게 고깃집 대신 분식집으로 들어가 떡볶이를 사줄 수밖에 없었던 지난한 시절은 과거의 일이 된 지 오래입니다. 그러나 아직까지도 그녀를 아프게 하는 한 가지, 어머니를 향한 사모곡만은 지금도 진행형인 채 그녀를 울리고야 맙니다.

부모님을 생각하면 지난 일이 후회스러워 용서받기를 간절히 원합니다. '다시는 돌아오지 못할 곳에 묻힌 부모님을 향해 제발 나를 용서하지 말라고' '살아서 옷 한 벌 해드리지 못한 어머니, 어머니, 부디 저를 용서하지 말라…' 며 통곡합니다. 막내딸 걱정에 눈 감지 못한 긴 세월이었지만, 그간 잘 건너왔다고…이만하면 됐다고… 어머니께서는 대견한 딸의 등을 토닥여주고 계신 건 아닐까요. 불면의 밤 거두시고 영면에 드시기를 바라는 딸의 간절한 마음을 이미 헤아리고 계신지도 모를 일입니다. 그녀가 하루속히 회한의 늪에서 헤어나기를 소망합니다.

네 개의 화장품 바구니로 시작한 것이 열 개로 그다음은 열다섯 개로 그리고 스무 개의 바구니로 늘어났다. 내가 전을 펴는 맞은편에는 아담한 가게가 하나 있었다. 저런 곳에서 장사를 하는 사람은 얼마나 좋을까? 그 무렵 내 눈에 비친 가게 주인이 세상에서 제일 부자로 보였고 부러웠다. 저런 가게 하나만 있었으면…그런 생각을 하게 된 지 15년 만에 나는 그 가게의 주인이 되었다. 먼지를 뒤집어쓴 네 개의 바구니가 이제는 20평 매장으로 바뀐 것이다.

그녀는 꿈을 이루었습니다. 시골 5일장을 떠돌며 젊은 시절을 보낸 그녀는 이제 한자리에 붙박여 손님을 맞습니다. 추위를 견디지 못한 스킨 병이 여기저기서 깨질 일도 없습니다. '폭우가 쏟아지거나 눈보라가 휘몰아쳐 남의 집 처마 밑에 몸을 숨기며 가게 주인 눈치를 보았던 지난 시절'은 사라졌습니다.

'언젠가 작은 언니가 살아도 살아도 참 억지로 산다 했지만 지금 생각하니 그게 최선이었다.'는 그녀의 독백이 눈물겨울 수밖에 없는 이유가 바로 여기에 있습니다. 그녀는 최선을 다해 삶을 견뎌온 자랑스러운 장돌뱅이입니다. 멀리서 꼬부랑 할머니가 햇볕을 등에 지고 힘겹게 걸어오고 있다. 오로지 땅만 보고 걷는 듯했는데 갑자기 내 전 앞에 지팡이를 내려놓고 털썩 주저앉는다. 나는 하나 팔 요량으로 반갑게 다가가 "할머니, 뭐 찾으시는 거 있으세요?" 하니 말이 없다. 그리고는 화장품을 하나하나 살펴본다.

"그런데 할머니 뭐 찾는데요."
"나? 응, 변소 찾어. 변소 어디여. 나 변소에 좀 데려다줘."

'화장실에 갔다 오기라도 한다면 무거운 할머니의 걸음이 한결 가벼워지지 않을까' 펼쳐놓은 전을 비우면서까지 할머니를 화장실에 모시고 가는 그녀의 속내엔 할머니의 굽은 등에 대한 연민이 가득합니다. 이렇듯 그녀는 부드럽고 느릿한 특유의 말투로 말이 고픈 어르신들의 허기를 달래주기도 하고 애환도 함께 나눕니다. 물건을 파는 것이 아니라 정을 주고받는 일이 그녀의 본업인 듯 느껴지기도 합니다.

비 내리는 날의 장 풍경은 어떨까요. 굽은 허리 탓에 땅만 보고 걸어오던 할아버지가 마주 오던 사람과 부딪쳐 손에 든 보따리를 떨어트립니다. 그 보따리 속에 들어있던 '삼립 크림빵, 참외 세 개, 세숫비누, 할머니 하얀 고무신, 하얀 칠부 속바지에 알록달록 꽃그림이 그려져 있는 팬티가 빗물이 흥건히 고여 있는 곳'에 쏟아집니다. 지팡이도 팽개친 채 할아버지는 바닥에 있는 물건을 줍느라 여념이 없습니다.

가게 안에 있던 그녀는 수건을 들고 달려 나가 할아버지 옷에 묻은 빗물도 닦아주고, 쏟아진 물건도 비닐봉지에 담아줍니다. 고맙다는 말을 남기고 돌아서는 할아버지의 뒷모습을 보며 '어느 외딴 집에서 병든 할머니가 이제나저제나 우리 영감님 오실까 문 열어놓고 신작로를 달리는 버스를 기다리는 모습'을 떠올립니다. 그녀 앞에 펼쳐지는 장터 풍경은 천생 이야기꾼인 그녀를 통해, 우리를 웃고 울리는 장터 이야기로 변신합니다.

이제 그녀는 행복합니다. 망중한의 여유도 갖습니다. '성산포 바닷가에 앉아 나와 이야기'도 하고 '박물관을 돌아보며 내가 전생에 무엇으로 태어났을까 하는 인연설로 즐거운 상상'에 빠지기도 합니다. '한적한 동네의 찻집에 들어가 감귤 바람 불어오는 제주 섬의 나른하고도 게으른 햇살'에 몸을 맡긴 채 오롯이 자신만의 시간을 보내기도 하지요.

저 또한 모처럼 그녀와 마주 앉아 차 한 잔을 나눕니다. 창 안 깊숙이 들어온 햇살이 다탁에 일렁이는 오후, 그 빛을 받은 그녀의 얼굴이 볼그레합니다. 참 곱습니다. 슬픔의 언어로 삶을 가꾸는 숭고한 몸짓이 거룩하게까지 느껴지는 순간입니다. 안효숙! 그녀의 아픔은 진정 힘이 센 듯합니다. 이런 사람 또 어디 있을까요?

작가의 말

햇빛이 그리운 계절입니다. 사람들의 발자국이 사라진 남쪽 바닷가 외딴섬에서 뒹구는 마른 조개껍질이 겨울 햇빛을 찾아 쬐고 있습니다. 살다 보니 무려 3개월 동안 비가 내리기도 합니다. 올여름이 그러했습니다. 하루라도 일을 안 하면 살기 힘든 날들이 있었습니다. 지난날이 그러했습니다. 어떻게 일을 안 하고 저 사람들은 저렇게 살 수 있나… 했는데 이제 며칠 쉬어도 사는데 지장이 없는 날이 되었습니다.

앞선 어른들이 말한 것처럼 모든 것은 시간이 해결해 준다는 것을 이제야 알게 되었습니다. 슬펐던 내 나이 마흔 살이 흘러 흘러 이제 이순이 되었습니다. 언젠가 아들이 "엄마, 왜 글 안 써요?" 묻습니다. 단 한 번도 책 이야기를 하지 않던 아들의 그 물음이 놀라워 가슴이 뛰기 시작했습니다.

"왜? 엄마가 글 쓰는 게 좋으니?"
"그냥… 엄마가 오래오래 살았으면 좋겠어요."
"글 쓰면 오래 산다니?"
"엄마가 글 쓰면서 오래오래 살면 좋겠어요."
첨으로 알게 된 아들 마음이었습니다. 순간 행복했지만 울고 싶었습니다.

"엄마의 글이 가난해서 부끄럽지는 않았니?"

대답 없이 떠난 아들이 오래되어 자주 화면이 꺼지던 가게에서 쓰던 노트북과 집에서 쓸 수 있는 컴퓨터를 사가지고 왔습니다. 하루 일을 마치고 컴퓨터를 켜고 글을 쓰는 그 시간이 나를 지탱해 주었던 시간임을 속 깊은 아들은 알고 있었나 봅니다. 새 컴퓨터 앞에 앉으니 어른들의 잘못으로 어려운 어린 시절을 보내게 된 사랑하는 내 아이들 생각에 가슴이 많이 아픕니다.

부도가 나고 고향을 떠나올 때 새벽시장에 나가 양파 까서 벌은 삼만 원을 제 손에 쥐여준 어머니는 '몸만 아프지 않으면 산다. 뒤돌아보지 말고 앞만 보고 살아라. 어여 가. 어디든 가서 살아라.'

제가 아무도 아는 이 없는 낯선 도시의 거리에서 빵을 구울 때 어머니는 내가 쓰던 486 컴퓨터를 들고 찾아오셨습니다. 모든 것이 경매로 넘어갔을 텐데 컴퓨터를 어떻게 어머니가 가지고 계셨던 건지, 그 가녀린 작은 체구로 몇 번의 버스를 갈아타고 20킬로는 됨직한 무거운 컴퓨터를 어떻게 들고 오셨는지 지금도 의문입니다.

나를 바라보는 어머니의 눈이 짓물러 있었습니다. 더는 어머니를 바라보지 못했습니다. 아무도 없는 방에서 혼자 글을 쓸니다. 토닥토닥 토닥… 자판 두드리는 소리가 살을 파고듭니다.

내가 다시 일어설 때까지 마냥 기다려주실 줄 알았던 어머니가 돌아가셨습니다. 우화 속의 청개구리처럼 뒤늦게 어머니 말을 잘 듣게 된 나는 어디든 가서 살아야 했습니다. 뒤돌아보지 말고 앞만 보고 산 세월이 이십 년이 되었습니다.

동생들을 위하던 큰언니가 몹쓸 병에 걸렸습니다. 못난 막내 동생을 응원하던 작은 오빠가 꿈꾼 것처럼 갑자기 세상을 떠났습니다. 그런데 이게 모두 다 내 탓인 것 같습니다.

비가 오면 울고 싶어집니다. 그래도 울 수 없습니다. 나는 더 열심히 살 겁니다.

그래서 용서받을 수만 있다면….

2020년 12월 안효숙

차 례

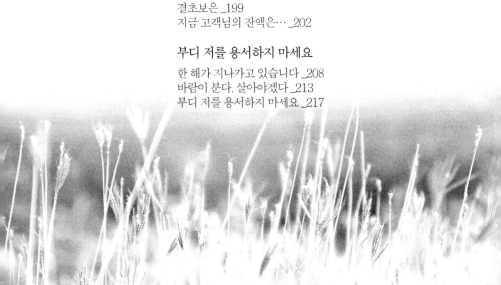

삶이 하 고단했네

눈이 많이 내렸던 그 겨울엔
그게 최선이었다
나도 가끔은 행복할 때가 있다
삶이 하 고단했네

눈이 많이 내렸던 그 겨울엔

매서운 바람이 불며 겨울이 시작되었다. 나의 겨울은 햇빛이 들지 않는 양철 지붕 위의 쌓인 눈처럼 언제나 추웠다. 몸과 마음이 함께 추웠던 해도 있었던 것 같고 겨울 나뭇가지에 남겨진 떨어지지 않는 잎새로 한겨울에도 꽃을 피우기 위한 꿈을 꾸며 몸만 고단했던 해가 있기도 했다.

첫눈이 펑펑 내린다. 약속도 없는데 괜히 설레어 시계를 보기도 하고 누군가를 만나러 갈 것처럼 눈 쌓인 길을 걱정하기도 한다. 그러다 습관처럼 이렇게 눈이 많이 내리면 내일 5일장이 서려나 하고 동료였던 장꾼에게 전화를 건다.

— 왜 이렇게 눈이 많이 내린대, 이렇게 눈이 쌓이면 내일은 장이 안 서겠지? 길이 미끄러워 시내버스가 그 산골까지 들어가겠냐고… 그럼 장 보러 사람들이 안 나올 거야. 내일은 그냥 쉬어야겠네.
전화기 너머에서 가만히 내 말을 듣던 민이는,

— 아니, 언니, 이제 장돌뱅이도 아니면서 그런 걱정을 왜 해, 비바람 가려주는 가게에서 오는 손님만 받으면 될걸.
— 그러게… 내가 왜 걱정을 하지.

난로를 앞에 두고 눈 내리는 거리가 보이는 창가에 선다. 오래전 그날도 오늘처럼 눈이 펑펑 쏟아지는 날이었고 며칠째 계속 내린 눈으로 거리가 꽁꽁 얼었다. 철심이 드러나도록 반들반들하게 닳아버린 타이어는 눈 쌓인 길을 달려가는 건지 기어가는지도 모르게 더듬더듬 얼음의 촉수를 감지하며 옥천장에 도착했다.

차에서 내리니 콧등을 '쨍' 하고 때리는 매섭고 추운 바람에 눈물이 고였다. 장에는 비가 오나 눈이 오나 약속처럼 빠지지 않고 찾아오는 몇몇 장꾼만 드문드문 전을 펴 빈 장터에 매서운 바람 소리만 펄럭거렸다.

장꾼들은 난로 앞에 모여앉아 소주잔을 기울이며 몸을 녹이고 있었다. 함께 섞여 온기에 몸을 녹이고 싶었지만 변죽이 없어 가까이 가지도 못하고 곱아오는 손을 입김으로 녹여가며 물건을 내렸다. 온몸을 무장한 채 걸어가던 사람들이 이렇게 추운 날 왜 나왔느냐고 하며 혀를 차며 지나갔다.

한낮이 되자 눈은 그쳤지만 추위는 맹렬히 깊어졌고 손님을 기다리는 간절한 마음을 비웃듯 화장품을 사러 오는 이들은 없었다. 그때 어디선가 '툭' 하는 소리가 몇 번인가 들리더니 갑자기 향기가 퍼지기 시작했다. 거리에 놓여 추위를 견디지 못한 스킨 담긴 병이 여기저기서 터지기 시작한 것이었다.

깨진 스킨 병을 치우면서 서러워졌다. 남아있는 화장품을 담요로 덮어주었다. 그렇게 한나절이 지나가는데 어디선가 숨어있던 햇빛이 사방에서 쏟아졌다. 눈 쌓인 거리는 환해졌고 파라솔에 쌓인 눈이 녹아내리더니 그제서야 장을 보러 나온 사람들로 북적거리며 분주해지기 시작했다.

길을 걷던 사람들이 어디서 이리 좋은 향기가 나느냐고 하며 코끝을 찡긋거리며 내 전 앞에 하나, 둘 모여들기 시작했다. 빈 주머니는 깨진 화장품을 대신해 채워지기 시작했다. 파장을 하고 집에 가는 길에는 새 타이어로 교체할 수 있었고 한 겨울을 쌩쌩 달릴 수 있게 되었다. 어디 그 겨울뿐이었을까. 20년 전 아이엠에프 파고를 넘지 못하고 우리 가족은 뿔뿔이 흩어져 낯선 도시로 떠돌았다. 방 얻을 돈이 없어 아직 엄마의 손길이 한창 필요한 어린 두 아이를 일 년 후 만날 것을 약속하고 시골 할머니 집에 맡겼다. 수중에 남아있는 반지를 팔아 손수레를 구입해서 빵을 구워 팔았다. 빵을 굽는 담장 맞은편엔 아파트 단지가 있었다.

저녁이면 한 집 두 집 따스한 불빛이 켜지기 시작하고 바라보는 집 마다에는 저녁 식탁에 모여 앉은 단란한 가족의 두런거리는 소리가 들리는 듯했다. 놀이터에서 돌아오지 않은 아이를 찾으러 나온 엄마의 목소리를 듣고 달려가 함께 손을 잡고 집으로 돌아가는 모습을 바라보다 두고 온 아이들이 너무 보고 싶어 주저앉아 울음을 꾸역꾸역 삼키고는 했다. 누구에게는 너무도 일상적인 것들이 나에게는 살아가면서 가장 큰 부러움이었고 간절한 소망이 되어버렸다.

한여름 타들어가는 땡볕 아래서 땀이 범벅이 되면서도 빵을 구웠고, 무릎까지 채이도록 쓸려 내려오는 장맛비에도 빵을 구우니 지나가던 사람들이 누가 이 더운 여름에 붕어빵을 먹겠냐며 다른 일을 해보지 그러냐고 했지만 다른 것에 고개 돌릴 수 없을 만큼 절박한 시간이었다.

내 앞을 지나갈 때마다 부산 사는 막내딸 닮았다며 바라보던 노부부가 다가와 무슨 말을 물어보았는데 대답 끝에 붉어진 내 눈자위를 바라보고는 젊은 처자가 무슨 사연이 있기에… 하시며 더 이상 묻지 않고 돌아가셨는데 내가 그 거리를 떠날 때까지 날마다 빵을 사 가셨다.

삶이 하 고단했네

아이들과 함께 살 방을 구하기 위해서는 단 하루도 쉴 수가 없었고 단 한 푼도 쓸 수가 없었다. 달빛이 손수레의 지붕을 비출 즈음이면 팔리지 못한 이스트를 넣은 빵 반죽이 부풀어 양동이 뚜껑을 밀고 올라왔다. 부풀어 오른 빵 반죽을 떼어내 날마다 수제비를 끓여먹었다. 겨울이 되자 몸무게가 훌쩍 빠져 옷이 헐렁거려 입을 수가 없게 되었을 때야 시골에 비어있는 집을 얻어 헤어졌던 아이들과 함께 살 수 있게 되었다. 아이들을 품고 사니 잊고 있었던 웃음소리가 귓가를 간지럽혔고 그제서야 허공을 떠다니는 듯했던 두 다리가 땅을 딛고 서 있었다.

빚을 해결하지 못하고 떠나온지라 날아드는 빚독촉에 하루하루가 고된 나날이었다. 그래도 살아야 했기에 더욱 힘을 내보지만 생활은 점점 궁핍해졌다. 안타깝게 바라보던 지인이 빵 굽는 것보다는 낫지 않겠냐며 얼마 간의 화장품과 오래된 차를 주었다. 그 화장품을 들고 돈을 만들기 위해 시골 오일 장터를 찾아다녔다.

낡은 봉고차는 주인 마음도 모르는 체 툭, 하면 가다 서기를 일삼으니 그때마다 머릿속은 하얗게 비어졌다. 그래도 부쩍부쩍 커가는 아이들을 바라보며 어떡하든지 살아남아야만 했다. 이미 터를 잡은 장꾼들과의 부딪힘에 어려움은 많았지만 그 어느 곳보다 인심이 넘쳐나는 시골 5일 장터에서 나도 모르는 새 생기를 되찾아가고 있었다.

비가 오든 눈이 오든 바람이 불든 온 세상이 꽁꽁 얼어붙든 그 무엇도 나하고는 상관없는 일이라는 듯 10년이 넘도록 하루도 쉬지 않고 장에 나갔다. 현재에 최선을 다하는 것만이 내 가족을 지킬 수 있는 유일한 길이라 생각했다. 처음에는 길바닥에 먼지를 뒤집어쓰고 놓여있는 이런 화장품을 어떻게 믿고 사느냐 하던 사람들이 얼음이 녹고 꽃이 피고 몇 번의 계절이 바뀌면서 단골손님이 되었다.

단골손님이 손님을 몰고 오고 그 손님이 또 다른 손님을 몰고 오면서 화장품 전이 붐비기 시작했다. 네 개의 화장품 바구니로 시작한 것이 열 개로 그다음은 열다섯 개로 그리고 스무 개의 바구니로 늘어났다. 아침에 장에 나가면 새벽 첫 차를 타고 나온 할머니들이 양지바른 곳에 옹기종기 모여 앉아 나를 기다리고 있었다.

할머니들은 흙에서 거둔 것들을 가지고 와 화장품과 바꿔가기도 했다. 고생한다며 김치며 밑반찬을 주고 가는 손님들도 있었다. 파장을 하고 집에 돌아오면 다음 날 찾아가게 될 5일장의 손님을 맞이할 생각에 가슴 설레어 잠을 설치는 날도 생겼다. 그중 좋아하는 장은 옥천장이었다.

내가 전을 펴는 맞은편에는 아담한 가게가 하나 있었다. 저런 곳에서 장사를 하는 사람은 얼마나 좋을까? 눈, 비를 피할 수 있고 더우면 선풍기와 에어컨도 켤 수 있어 땀띠나 동상에 시

달리지 않아도 되니 사는 게 얼마나 재미있고 좋을까….
그 무렵 내 눈에 비친 가게 주인이 세상에서 제일 부자로 보였고 부러웠다. 저런 가게 하나만 있었으면…. 그런 생각을 하게 된 지 15년 만에 나는 그 가게의 주인이 되었다. 먼지를 뒤집어쓴 네 개의 바구니가 이제는 20평 매장으로 바뀐 것이다.

장돌뱅이로 젊은 날을 보내고 그 치열하지만 인정이 넘치던 삶의 현장에서 얻은 지혜로 가게를 꾸려나간다. 그 겨울 화장품도 견디지 못한 추위였지만 지나간 날들에 대해 무너지지 않고 버티며 살아낸 그 겨울은 가난했지만 시리게 아름다웠다. 눈은 여전히 그치지 않고 내리는데 오늘도 그날처럼 어디선가 숨어있던 햇빛이 눈부시게 빛난다.

그게 최선이었다

지금은 우기 중이다. 좀 전까지만 해도 햇볕이 쨍쨍 내려쬐었
으나 갑자기 하늘에 먹구름이 깔리더니 장대비가 쏟아진다.
지나가던 사람들이 비를 피하려 가게 앞 처마 아래로 몸을 숨
긴다. 비를 피하려고 서 있는 사람들의 뒷모습을 바라보고 있
자니 지난날이 떠오른다.

그날은 공주장이었다. 장에 도착했는데 갑자기 하늘이 어두
워지더니 천둥 번개가 요란하기를 넘어서 무지막지하게 치
기 시작했다. 몸을 숨기고 당장이라도 집에 돌아가고 싶었지
만 올 때는 어찌 왔는데 돌아갈 기름값이 없었던지라 빗속이
아니라 전쟁이 났다 해도 장사를 해야 할 상황이었으므로 선

택의 여지가 없었다.

파라솔을 펴고 차에서 보리쌀 자루를 내려놓는데 (그 무렵 화장품 파는 것으로는 매상이 오르지 않아 보리쌀을 함께 팔았다.) 갑자기 하늘이 구멍 난 듯 비가 쏟아졌다. 전봇대 꼭대기에선 불이 번쩍번쩍 날아다니는 듯 번개를 쳤고 하늘은 구멍 난 것처럼 비가 내리는데 마치 물동이로 쏟아붓는 것 같았다. 천둥 번개가 너무 무서워 전을 펴던 것을 멈추고 비를 피하느라 약국 처마 밑으로 들어갔다. 이미 비를 피하던 행인들이 오늘 같은 날 뭐 하러 나왔느냐고 한마디씩 하는데….

그중 키가 아주 작은 할머니가 나를 쳐다보더니 내던져진 자루를 가리키며 저 자루는 비를 맞아도 상관없는 거냐고 물었다. 가지고 있는 전부를 털어 새벽에 중앙시장에 가서 보리쌀 세 자루를 사가지고 왔는데 나만 살겠다고 보리쌀 자루를 집어던지고 정신없이 숨어있는 꼴이 되어버렸다.

순식간에 쏟아진 비가 넘쳐나 보도블록 위에서도 발목까지 차였으니 주인이 버린 보리쌀 자루는 이미 물에 푹 잠겨버리고 말았다. 할머니의 보리쌀 자루는 비를 맞아도 상관없느냐는 말 끝에 처마 밑에 비를 피하던 사람들은 모두 내 대답을 들어야 할 것처럼 일제히 시선이 내게 쏟아졌다. 파라솔을 칠 때 쏟아진 비로 입고 있는 옷은 흠뻑 젖어 물이 뚝뚝 흘러내렸고 바닥에 팽개쳐진 화장품과 보리쌀 자루는 참으로 비루

하고 보잘것없이 참담한 내 모습인 듯했다. 가슴은 꽉 막혀왔지만, 나는 애써 태연한 척하며,

"젖어도 괜찮아요…."

바로 옆이 택시 승강장이었던지라 도착서부터 줄곧 내게서 시선을 떼지 않고 있던 기사는 그 말을 들었는지 차 창문을 내리더니,

"괜찮기는… 보리쌀 같은데 아줌마 오늘 본전도 못 찾고 집에 가겠네."

그 말을 듣는 순간, 나는 참았던 설움이 차올랐다. 금방 쏟아질 듯한 눈물을 꾹꾹 참고 아무렇지도 않은 척 비가 얼굴로 흘러내리는 것이 다행이다 싶어 이제 비가 그치기만 간절히 기다렸다.

정오가 돼 갈 무렵 비가 그치더니 올려다 본 하늘에는 그림처럼 무지개가 떠올랐다. 지나가던 사람들이 와아… 예쁘다, 하며 감탄사를 내뱉을 때 몸과 마음이 젖은 채 남의 처마 밑에 서 있던 나는 내 안에 무지개가 차오르는 것처럼 더없이 환하고 기뻤다. 축축해진 바지를 걷어올리고 다시 전을 펴고 하늘 한 번 올려다보고 다시 비에 젖은 것들을 닦아내고 또 하늘을 올려다보고 그 많은 걱정을 잊은 채, 정말 예쁘다… 하고 오

랫동안 하늘을 올려다보았다.

비가 그치니 장을 보러 나온 사람들이 어디 숨어 있다 나오는 것처럼 한꺼번에 쏟아져 나왔다. 할머니들이 비가 오는데도 구루무 장사는 나왔네, 하며 내 전 앞에서 멈추어 화장품을 하나, 두 개 사 가셨다. 하나 팔면 세어보고 또 하나 팔면 또 세어보고 다시 세어보고 또 세어보니 기름값은 넘어섰고 그제서야 집에는 돌아갈 수 있겠구나 하는 마음이 들어 불안함이 사라졌다. 그러나 그 편함도 잠시였다.

무지개가 사라지고 다시 깜깜해지더니 굵은 장대비가 아침처럼 쏟아져 물건을 던지다시피 차에 집어넣고 나니 그제서야 아침에 우산도 챙겨가지 못한 아이들이 이 빗속을 어찌 뚫고 집으로 돌아왔으려나 걱정이 되기 시작했다.

물기 뚝뚝 떨어지는 몸을 차 안으로 구겨 넣고 출발하려 하는데 작은 언니한테서 전화가 왔다. 전화기를 쳐다보는데 끊이지 않고 오래도록 울리는 전화를 받지는 못하고 갑자기 서러워져 울음이 쏟아지기 시작했다. 한참을 울었는데 얼마나 울었는지 목이 아파 울기를 멈췄다. 듣는 사람 보는 사람 없이 실컷 울고 나니 조금은 속이 편해졌다.

집에 도착해 빗물에 불은 보리쌀을 방바닥에 펴놓았다. 몇 날을 말려 보리밥도 해먹고 아는 장꾼들과 나누어 먹었다. 그

기억이 장마철이면 떠오른다. 이제는 울 일은 좀처럼 없다. 이보다 더 나빠질 일이 있을까?

거리에서 갑자기 폭우가 쏟아지거나 눈보라가 휘몰아쳐 남의 집 처마 밑에 몸을 숨기며 가게 주인 눈치를 보았던 지난 시절은 사라져버렸다. 지금은 처마 밑의 가게 주인이 되었다. 가게 주인이 되면 하고 싶은 것이 있었다. 한 쪽 손에는 가게 안에 놓을 꽃을 들고 한쪽 손에는 가게에서 읽을 책과 커피를 들고 출근하는 그런 풍경을 그려보고는 했다. 요즈음 그렇게 출근하고 있다. 비가 오면 가게 안에 앉아 치열하게 살아가던 젊은 날의 나를 가만히 바라본다.

슬픈 꿈을 꾼 것 같기도 하다. 어처구니 없이 용감했고 소리 없이 아우성치며 살아가던 나의 젊은 날, 언젠가 작은 언니가 살아도 살아도 참 억지로 산다 했지만 지금 생각하니 그게 최선이었다.

나도 가끔은 행복할 때가 있다

추위가 물러서고 봄이 오니 이제 살 것 같다. 햇살은 곤곤하니 좋으나 심술맞은 바람은 전을 편 화장품에 흙먼지를 몰고 와 손님이 집어 든 화장품을 한순간 싸구려 물건으로 변하게 했다. 마른 바람에 손등이 갈라져 어디서고 손을 내놓기가 부끄러워 항상 손을 감추고 다닌다.

봄볕에 그을린 얼굴을 하얗게 한다고 내 나이 또래의 여자들이 내 화장품 전 앞에 서서 피부과에 다닌다는 이야기를 먼 세상이야기인 듯 듣고 있는 것 또한 봄날이었다. 장을 찾아다니는 몇 년간은 매출이 없어 참 많이도 힘들었다. 톨게이트비가 없어 차에서 내려 고속도로 사무실로 가서는 거짓으로 지갑을 놓고 왔다고 한 적도 여러 번이었다.

전을 펴고 한 개라도 팔면 제일 먼저 한 것은 은행에 달려가서 톨게이트비를 입금하는 것이었다. 기름값이 늘 달랑거려 가다 멈춰서기도 했다. pt병을 들고 주유소를 찾아 한참을 걸어 내려갈 때는 참 바보 같고 한심했다. 속을 모르는 단골손님들이, "오늘은 왜 그렇게 늦었어" 하고 반기며 기다리고 있기에 힘을 얻었다.

한 여름 사정없이 내려쬐는 햇볕에 온몸이 땀띠로 뒤덮인 적도 있었다. 가장 힘든 것은 오늘은 어느 장을 가야하나 고민하다 찾아 간 장에 장꾼들의 텃세로 자리를 잡지 못하는 일이었다. 달랑거리는 기름에 되돌아갈 기름값이 없으니 장이 아닌 곳에 전을 펴고 손님을 기다린다. 한가로이 지나가던 부인들이 몇 개 안되는 물건을 펴 놓고 앉아있는 나를 신기하게 바라보더니 여기서 뭐하는 거냐고 물어온다.

"장사하는 거예요. 필요한 거 있으면 좀 팔아주세요."
하니 구경하고 가자며 내 전 앞에 앉는다.

— 아줌마, 장사 첨 나왔지요?
— 아니요. 그래도 조금 되었어요.

– 장사 첨 하는 거 다 표나는데…. 장은 여기가 아니고 저 단위농협 지나고 목욕탕 지나면 그 골목 안쪽으로 크게 서요. 거기로 가야 장사가 되지. 여기 누가 다닌다고 그래요. 여기는 하루 종일 있어도 안 팔려요.

– 알아요… 그런데 거기서는 못 펴게 해요. 다 자리 있다고…. 그래서 여기서 하는 거예요.

– 못 펴게 한다고 안 펴요? 장사하러 왔으면 어떻게든 펴야지.
– … 맞아요. 그런데 펴려고 해도 못 펴게 해요. 자리가 다 있다고… 그래서….

말끝에 눈물이 먼저 고여온다. (에그 못난이…) 그중 한 사람이 "야, 우리 이거 사 가자. 쓸만한 것도 있네. 싸게 줘야 해요." 하고는 이것저것 고른다. 세 명이 한참 고른 것을 내 앞에 내놓는다. 물건을 고르고 있는 그 시간 동안 그들을 바라보던 내 안에서 흐르던 붉은 피는 즐거이 춤추고 있었다.

– 얼마예요?
– 다 삼만 원이에요.
– 어 그래요?
왜 그렇게 싸… 야, 우리 더 고르자. 내가 계산할게.

고른 물건을 건네주면서,

— 싸게 달라고 해서 싸게 드렸어요.
— 싸게 달란다고 싸게 주면 어떡해요. 받을 거 다 받아요.

— 아니에요. 싸게 주고받을 거도 다 받았어요.
— 이 아줌마, 장사 첨 하는 거 아니네. 선수네 선수….

그 말에 손님도 웃고 나도 웃었다.

— 이거 다 사용하고 또 사러 올테니 그때는 저 시장 안에서
만나요. 이곳에 혼자 앉아있지 말고….

— 감사해요.

후로 몇 번의 도전 끝에 장 자리를 잡게 되었다. 세월이 흐르
면서 신기하게도 조금씩 조금씩 손님이 늘어나면서 단골이
생기기 시작했다. 하루 오만 원 파는 일이 삼사 년이었다면
그다음 십만 원으로 넘어섰다. 십만 원에서 삼십만 원으로 넘
어서는데는 2년 걸렸다. 삼십만 원에서 오십만 원으로 넘어
서는데도 2년 걸렸다. 그런데 어느 날 갑자기 오십만 원에서
백만 원으로 넘어서기 시작했다.

상상할 수 없는 아니 감히 상상도 못 해본 매출이다. 장사한
지 15년 만의 일이다. 내게도 행복한 일이 생기기도 한다.

삶이 하 고단했네

내 슬픔은 차고 넘쳐 이 슬픔이 비워지기까지는 어떻게든 살아야겠다고 이를 악물었다. 누군가에게 기댈 수도 없는 처지였기에 내 스스로 해결할 수밖에 없었던 날들. 방법은 하나였다. 열심히 죽어라 일하는 것, 그 방법 외엔 아무런 길이 없었다. 살다 보니 모래알처럼 부서지던 내가 조금씩 단단해져 돌덩이가 되어 가고 있는 것을 느낄 수 있었다.

나는 다시 살고 싶어졌다. 얼마나 살았냐는 문제가 되지 않는다. 언제나 그랬던 것처럼 앞으로 살 날이 중요한 것이다. 그세월은 나를 단단하게 만들었을 뿐, 남은 나의 날들은 경험하지 않은 일로 채워져 전개될 것이다.

부도가 나고 기거할 곳이 없어 가족들이 뿔뿔이 헤어졌다. 몇 개월 만에 만나는 아이들이 다시는 헤어지지 않을 것처럼 내 손을 꼭 잡았다. 양손을 꼭 잡은 아이들은 몇 번이나 힘을 주며 손을 다잡고는 내 얼굴을 올려다본다.

– 엄마, 오늘은 여기서 자고 가도 되는 거지?
– 그럼.
– 오빠 자고 가도 된대.

좋아서 깡충깡충 뛰는 아이들 손을 잡는데 내 안에 슬픔이 넘친다.

– 엄마, 어디 가?
– 응, 맛있는 거 먹으러. 조금만 더 가면 돼.

앞으로 가던 발걸음을 멈추고 오던 길을 되돌아 맞은편 길을 바라보며 보도블록으로 내려섰다. 달려오던 택시가 급정거를 했다. 창문을 연 택시 기사는 "죽을라고 환장을 했나." 거칠게 소리를 질렀다. 겁에 질린 아이들이 내 손을 꼭 쥐고는 나를 올려다보았다.

– 괜찮아, 괜찮아….

아이들 손을 다 잡고 차를 피해 길 건너로 뛰어갔다. 조금 전 걷던 그 길 전봇대를 끼고 돌아서면 밖에서도 안이 훤히 보이는 고깃집이 있었다. 저녁이면 빵 굽는 리어카를 끌고 그 길을 지나치려면 고기 냄새에 뱃속 깊이 허기가 느껴졌다. 이 상황에도 허기가 느껴지는 내 자신이 한심스럽고 참 뻔뻔하다 싶었다.

가족이 둘러앉아 고기를 구워 먹는 모습을 보면서 두고 온 아이들이 떠올라 눈앞이 흐려졌다. 세상에서 가장 부러운 모습이었다. 그 전봇대를 돌아서면 식당 안이 훤히 보이는 그 고깃집을 지나칠 텐데 그걸 보는 아이들이 얼마나 먹고 싶어 할까 생각이 들어 다른 길을 선택하기로 했다.

— 조금만 더 가면 돼. 배고프지?

길가에 내놓은 화덕 위에서 뜨거운 김이 무럭무럭 올라왔다. 찐빵을 올려놓은 솥이 있는 분식집으로 들어가 떡볶이를 사주었다.

— 엄마는 왜 안 먹어?
— 엄마는 매운 거 못 먹어.

— 물에 휑구어먹으면 돼 엄마, 맛있어.
— 그래, 많이 먹어.

20년이 지나고 장성한 아들과 음식점에 앉아 고기를 먹는다.

— 엄마 많이 드세요.
— 너 많이 먹어, 엄마가 사줄게.

고기를 굽던 아들이 나를 보고 웃는다.

— 왜 엄마가 사요. 제가 살게 많이 드세요.

지금은 먹고 싶은 거 다 사줄 수 있는데 돌아보니 삶이 하 고
단했네.

손풍금

지금 생각해도 녹차 값은 너무 억울해

손풍금

가난한 연인

사람이 개같고 개가 사람같아

지금 생각해도 녹차 값은 너무 억울해

장맛비가 계속되었다. 아침에 잠시 해가 나기에 비가 그친 듯
하여 영동장으로 향했다. 전을 펴고 장사를 하는데 한 시간이
나 했을까. 갑자기 앞이 안 보이도록 비가 퍼붓기 시작했다.
태풍 나비를 동반한 비의 양이 엄청나 파라솔 안으로도 비가
쏟아져 길 위에 펴놓은 화장품은 금세 물에 잠기었다.

맞은편 건물로 들어가 비를 피하고 있는데 읍사무소 직원이
마이크를 들고 다니며 하상 주차장이 범람하여 침수할 것 같
으니 차를 주차해놓은 사람들은 어서 빨리 차를 빼라고 한다.
그러고는 물에 잠긴 내 전 앞에 멈추더니 나를 쳐다보았다.

― 이거 아줌마 거요?

― …….

― 네.

어이없다는 듯 바라보았다.

― 아줌마만 비 안 맞으면 돼요? 오늘은 장사 못하니 어서 이 화장품 걷어요. 저 하늘 깜깜해지는 거 안 보여요?

급한 발걸음으로 호각을 크게 불며 읍사무소 직원이 사라졌다. 옆에 함께 전을 편 참외 장사 금련이가 다가왔다.

― 언니야, 언니만 비 안 맞으면 되나? 저 아저씨 뒤에 못한 말이 뭔지 아나… 주인 잘못 만나 비 맞는 저 화장품은 뭔 죄냐? 아마 그 말이었을 거다.

금련이의 그 말에 나는 그만 웃음이 터져 나왔다. 몇 번이나 직원 말을 흉내 내던 금련이도 함께 웃어댔다. 한참 웃다 일어나면서 주먹으로 눈물을 훔쳤다.

― 언니, 우나?

― 아니, 너무 웃겨서 눈물이 다 나오네. 네 말이 맞네. 주인 잘못 만난 화장품은 뭔 죄냐.

차를 가지고 와서 화장품을 차에 옮기는데 머리끝부터 발끝까지 빗물이 뚝뚝 떨어졌다.

— 언니야~ 태풍까지 불어 추워서 떨려 죽겠다. 우리 저 지하 다방에서 몸이나 말리고 가자. 내가 차 한 잔 살게.
—그러자, 나도 덜덜 떨리네.

다방에 들어가 뜨거운 녹차를 시켰다. 주인은 슈퍼에서 파는 녹차 티백에 뜨거운 물을 부어주고는 다시 tv 앞으로 가 앉았다.

— 언니야~ 팔기는 팔았나?
— 이만 원 팔았어.

— 너는?

— 참외 사러 할머니들이 안 온다. 나는 그래도 언니보다는 더 팔았다.

— 다행이네.

습기 냄새와 곰팡이 냄새가 스멀스멀 올라오는 지하 다방 안에 손님은 금련이와 나뿐이었다. tv 앞에 앉은 마담이 언제부터인지 소리를 줄이고 우리 말에 귀 기울이는 거 같았다. 여전히 물이 뚝뚝 떨어지는 우리를 흘깃흘깃 쳐다보고 있었다.

— 비 더 퍼붓기 전에 이제 집에 가자.
찻값을 내려고 카운터 앞에 먼저 선 금련이를 잡고,

"내가 낼게, 여기 얼마예요?"

티브이를 보고 있던 주인 여자가 오더니,
"만 원요." 한다.

— 만 원요? 두 잔 마셨는데요?
— 다방에 첨 와 봐요? 왜 그렇게 놀래. 한 잔에 오천 원이야.

주머니에서 돈을 꺼내는데 빗물에 젖어 만 원짜리 두 장이 붙
어서 안 떨어진다. 만 원을 주고 계단을 올라오는데 두 다리
가 풀려 힘이 다 빠져 걸음이 안 걸린다.

— 언니야. 괜히 내가 다방 가자고 해서 돈 써서 어떡하냐.

— 괜찮아. 괜찮은데… 아니 저것들 도둑 아녀… 차 한 잔에
오천 원이라니 그것도 티백 하나 달랑 넣고… 농협 가면 공짜
로 타 먹을 수 있는 티백 하나 넣고 오천 원이라네, 세상에…
그것도 손님을 대하는 태도도 못돼먹었네. 팔짱도 풀지 않고
껌을 딱딱 씹으며 뭐라고 했더라, 다방에 첨 와봤느냐고… 사

람 무시하나….

— 언니야. 미안하다.
— 너한테 그러는 거 아녀… 칼만 안 들었지 도둑 아니냐
고….

— 언니야. 여기 만 원 있다.

금련이가 만 원을 꺼내 내 손에 쥐여준다. 화가 나서 돈을 뿌
리쳤다.

— 너한테 화난 거 아니라고… 집에 가자.

차에 타니 금련이가 참외 봉투를 들고 뛰어온다. 파장이 되면
제철 과일을 항상 내 차에 넣어주었던 금련이다. 집에 갔더니
속도 모르고 아이들이 반겼다.

— 엄마, 참외 그만 사 오면 안 돼? 참외는 할머니들이 먹는
거잖아. 이제 너무 먹어서 참외만 보면 토 나오려고 해.

토 나온다는 소리에 웃음이 터졌는데 아까 읍사무소 직원이
아줌마만 안 젖으면 돼요? 하는 그 소리가 또 생각나 주저앉
아 웃는데 웃음이 멈추지 않았다.

— 엄마, 참외에 만 원짜리가 붙어있어. 수지맞았다. 그런데 엄마 왜 웃어? 우는 거야?

— 아니, 너무 웃어서 눈물이 다 나오네.
— 엄마, 빨리 목욕해. 내가 뜨겁게 커피 타 줄게.
— 그래… 뜨거운 커피 좀 한 잔 마시자.

비가 이렇게 많이 오는 날이면 착한 금련이가 생각난다. 지난 3월부터 코로나에 5일장 폐쇄되고 한 달이 넘도록 날마다 비가 오니 이 5개월이 얼마나 길고 힘들었을까 생각하니 걱정된다. 전화기를 드니 반가운 금련이 목소리가 들린다.

— 언니야~ 나는 이렇게 비가 많이 내리면 그때 영동장 지하 다방에서 만 원짜리 차 마신 생각난다. 언니가 그렇게 화내는 거 첨 봤다.

— 그래, 지금서 얘긴데 이만 원 팔았는데 계산하려고 하는데 만 원짜리 두 장이 딱 붙어가지고 왜 그렇게 돈은 안 떨어지던지 그 마담이 쳐다보고 있는 게 너무 화가 난 거지. 시골에서 찻값이 왜 그렇게 비싸냐구. 지금 생각해도 분하네. 그래도 그때 어떻게 살았는지 모르겠다. 네가 있어서 언니가 덜 힘들었는데, 보고 싶네. 그립고….

— 나도 언니 보고 싶다. 언니는 요즘 장사 잘 되나?

― 이 빗속에 뭔 장사가 되겠니? 언니도 안돼. 오늘은 비가 너무 많이 오고 주말이라 쉬려고 문 닫았어.

― 정말이가? 문 닫았나. 살만 한가베.
― 그래 살만하다. 이 빗속에 장사하면 그게 사람이가 짐승이지. 어흠!

― 뭐라꼬?
― 농담이다, 농담. 하하하! 예쁜 금련이가 많이 보고 싶네.

손풍금

세무서에 등록된 지금 하고 있는 가게 이름은 <손풍금>이
다. 가게를 인수하면서 전 주인이 쓰던 간판을 바꾸지 못하고
그대로 두게 되었다. 사실 마음에 드는 간판은 아니었으나 <
손풍금>으로 바꿔달지 못한 것은 돈이 없어서였다. 가게를
개업하고 얼마 안 돼서 젊은 여자에게 전화가 왔다.

— 거기가 손풍금이에요?
— 네.

— 뭐 하는 데예요?

― 옷 가게인데요.

― 거기가 어디쯤에 있나요?
― 왜 그러시는데요?
― 아니 우리 남편 카드 영수증에 '손풍금'이라고 찍혀있는데 혹시 술집인가 해서요.
― 아, 술집 아니에요. 남자 속옷도 팔고 화장품도 팔고 해요.

― 네, 간판을 본 적이 없어서 술집인가 의심했어요. 얼마 전에 팬티 사 오더니 거기서 샀나 보네요. 알았어요. 그런데 왜 상호가 '손풍금'이에요?

― 네?

이런 적이 여러 번 있었다. 왜 손풍금이냐 하면 기계음보다는 사람의 손길에서 전해지는 울림이 있는 따스한 정을 간직하고 싶어서였다. 세월이 흐르면서 많은 것이 변했다. 장날이면 늘상 오던 사람이 보이지 않는 것은 어떤 일이 생겼다는 거다. 이사를 갔다거나 건강을 잃는 일이 대부분인데 자주 오시던 아주머니들이 안 오는 경우가 많아진다. 오늘도 근간에 보이지 않던 아주머니께서 오셨는데 얼마나 야위었는지 못 알아보았다.

― 나 몰러?

마스크를 벗었는데도 잘 모르겠다. 모자를 쓴 게 햇빛 가리는 용도가 아닌 머리를 가리느라 썼으니 항암치료를 한 게 아닌가 싶었다.

─ 아, 생각났어요 어머니, 어디 아프셨어요?
─ 그려, 암이랴…. 죽어야 하는디….

─ …왜 그런 말씀을 하세요. 세상이 얼마나 좋아지는데… 오래 사셔야지요, 백 살까지 사셔야 해요. 저는 백이십 살까지 살 거예요.

기운 없이 웃으신다.

─ 그랴, 사장은 젊으니께 오래 사러. 누가 말려… 더 살아도 돼야.

의자를 갖다 드리니 앉아서는 가방을 열어 화장품을 꺼낸다. 꺼내놓은 화장품은 고가의 화장품이었다.

─ 이 좋은 걸 누가 사주셨어요?
─ 딸년이 사 왔어.
─ 이거 굉장히 비싼 건데요.
─ 비싸면 뭐햐, 그거 바르면 냄새가 나서 어지러워 못 발러.
─ 향기도 좋은데요?

— 뭐가 좋아. 나는 구역질 나서 시려. 그러니까 여기서 내가 쓰던 거로 바꿔 줘.

— 어머니, 이 스킨로션 두 개면 우리 물건으로는 열 개도 더 바꿔 가야 해요. 그리고 선물한 따님이 알아봐요. 비싼 거 사 다 줬는데 싼 거로 바꿔오면 뭐라 하지요.

— 내가 말했어. 나 안 바를 테니 니네나 바르라고 그러니까 이 망할 년이 다 갖다 버리랴. 다시는 안 사온다네. 그래서 장 에 가서 바꾼다고 하니 맘대로 하랴. 그러니 바꿔 줘.

— 따님이 와서 나 혼내키면 어떡햐. 어머니….
— 안 혼 내키니까 어서 바꿔 줘.

금액에 맞춰 이것저것 바꿔주니 아주 흡족해하신다.

— 건강하셔야 해요. 힘내세요.
— 그랴….

단골손님이 돌아가고 남겨진 화장품을 보니 얼굴 모르는 할 머니의 따님께 불편한 마음이 드는 건 사실이나 아직 좋은 화 장품을 써보지 않았던 나는 가슴이 두근거린다. 집에 가서 할 머니의 화장품을 펴 놓고 거울 앞에 앉았다.

'이 비싼 거 바르면 예뻐지려나, 두근두근두근….'

 가난한 연인

밖에서 두런거리는 말소리가 안까지 들린 것을 보면 사람들의 움직임이 적은 이른 시간이었기 때문인 것 같다.

— 오빠, 여기 들어가 볼까?
— 비싼 곳은 아닐까?
— 그래도 들어가 보자.

앞서 들어온 사람은 키가 훌쩍 크고 깡마른 청년이었다. 뒤따라 들어온 아가씨는 가슴 쪽으로 작은 곰인형을 안고 있는데 그 곰인형이 껌딱지로 작게 느껴질 만큼 청년과는 정반대로 뚱뚱했다. 뚱뚱이라고 쓰고 보니 가느다란 이란 글자가 얼마나 예쁜 조합인지 비로소 알겠다. 어떤 것은 섹시하고 어떤 것은 화려하게 진열된 브래지어와 팬티 앞에서 눈 둘 곳을 몰라 하던 청년과는 달리 뚱뚱하고 명랑한 아가씨는,

— 오빠, 이건 어때? 이것도 괜찮은 것 같고, 저것도 괜찮다.

여기저기 손으로 가리키는데 청년이 말했다.
— 글쎄에⋯ 난 잘 모르겠는데⋯.

이것저것 가리키는 아가씨를 상대로 판다면 오래 걸릴 것 같고 청년이 결정해 주는 것이 더 빠르게 진행될 것 같아 청년을 타깃으로 어떤 속옷에 관심을 두는지 눈길을 살피는데 청년은 계절에 맞지 않는 얇디얇은 점퍼를 입고 있다. 그러고 보니 움직일 때마다 발걸음이 어색했다. 얼굴색이 어둡고 윤기가 없다. 운동화는 언제 빨았는지 흰색임에도 회색이라고 느낄 만큼 때의 더께가 올라있었다. 그렇지만 말소리만은 따뜻했다.

— 오빠는 말이야⋯ 저 분홍색 꽃무늬가 좋은 거 같은데⋯.

— 그래? 나는 빨간색이 좋은데⋯.
— 오빠는 말이야. 빨간색은 좀⋯.

청년의 얼굴이 이내 붉어졌다. 빨간색에 대한 미련을 떨치지 못하는 아가씨를 향해 나는,

"이 핑크색이 더 예뻐요."

하니 아가씨는 순하게도 고개를 끄덕였다. 아가씨한테 맞는 사이즈를 꺼내 권했더니 고개를 좌우로 흔들었다.

— 그거 너무 커요… 작은 거로 주세요.(그건 아닌 것 같은데 하긴 나도 남들이 보는 것처럼 내가 그렇게 뚱뚱한 지 못 느 낀다.)

— 보기에는 커 보여도 실제로 착용하면 작답니다. 한 번 옷 위에 해보세요. 그럼 대충 맞는지 안 맞는지 알 수 있으니….

팔을 벌리라고 하고 옷 위에 브래지어를 착용하게 했다.

— 어머나, 세상에… 오빠 앞에서… 난 몰라… 아고… 난 몰 라….

순진한 아가씨는 굉장히 부끄러워한다. 청년은 가느다란 팔 을 포개 팔짱을 끼더니 묵직한 목소리로 말했다.

— 아… 괜찮아, 오빠가 보는 건데 어때, 그게 딱 맞네, 부끄러

위하지 않아도 돼, 좋은데….

— 그래도… 신혼여행 가서 보여주고 싶어.

고개를 들지 못하는 아가씨. 귀엽다. 속옷 세트를 사고 화장품과 청바지를 사고 티셔츠를 사는데 청년이 계산할 때마다 접히는 부분이 찢어진 지갑을 여는데 그 흔한 신용카드도 없고 만 원짜리 몇 장 들어있던 지갑의 두께가 점점 얇아지고 있었다.

— 오빠, 그런데 있잖아, 원피스도 사준다고 했잖아.

명랑한 아가씨는 아까부터 수없이 부끄럽다고 했지만 목소리는 점점 철 없이 커지고 있었다. 나는 그만 불편해 보이는 다리가 점점 떨리고 있는 청년의 편이 되어있었다.

— 여행지에서는 청바지 입고 다니는 게 제일 편해요. 사실 원피스는 잘 안 입게 돼요. 지금은 권할만한 원피스가 없고 이 청바지가 싸고 좋으니 이거 입어보고 원피스는 다음에 예쁜 거 갖다 놓을게 한 번 더 와요.

— 그래, 오빠가 또 사줄게. 오늘은 이것만 사자.
— 그래, 그럼 다음에 꼭 사 줘.

마냥 행복한 웃음을 짓고 있는 아가씨가 어여쁘다. 되돌아가 껌딱지만 한 곰인형을 챙겨들고 나가더니 만 원 주고 구입한 청바지는 입고 가겠다며 다시 들어온다.

— 오빠는 저기 밖에 나가있어, 나 옷 갈아입게, 보면 안돼.

— 좀 보면 어때… 오빠가 보는데…

사랑하는 마음이 가득 담긴 책임감이 느껴지는 목소리였다. 옷을 갈아입은 아가씨가 문밖에서 기다리던 청년의 팔짱을 끼고 간다.

— 잘해줘서 고맙습니다.

청년이 깊숙이 고개를 숙이고 인사를 한다. 절뚝거리며 걷는 청년의 뒷모습을 한참 동안 바라보았다. 짧은 바지 밑에 청년의 맨살이 드러난 가느다란 발목이 아련했다. 양말이라도 몇 켤레 챙겨줬어야 하는데…. 다행히 햇살이 젊은 연인의 뒤를 따라갔다.

지나가던 단골손님이 김장을 담그다 양념이 떨어져 마트에 간다며, "집에는 김장 언제 담어, 이렇게 일하고 나면 시간이 나 있겠어? 맛이 있을지 어떨지 모르지만 내가 몇 포기 갖다 줄게." 하며 마트로 들어가고 나는 그들의 모습이 보이지 않도록 서 있다가 커피 한 잔 마시려고 탈의하는 곳으로 들어왔다.

그곳엔 신혼여행 가서 입는다고 예쁜 봉투에 넣어달라고 했던 속옷이 놓여있었다. 봉투를 들고 뛰어나가 여기저기 살펴보았지만 원래 없었던 사람처럼 그 어느 곳에서도 보이지 않았다. 그게 지금부터 열흘 전 일이다. 아직도 그 속옷이 담긴 봉투는 찾아오지 않는 주인을 기다리며 내 책상 옆에 가지런히 걸려있다.

신혼여행은 갔으려나?
첫눈 오기 전엔 찾아오겠지….

사람이 개 같고 개가 사람 같아

장날인 어제는 엄청 추웠다. 길에 서 있는데 발이 시려워 동동거렸다. 워낙 춥기도 했지만 신종 코로나 때문인지 장을 찾는 사람도 없었고 지나가는 사람들은 모두 마스크를 쓰고 다녔다. 보름 대목이라고 기대하고 왔던 장꾼들의 실망감은 컸다.

예전하고는 다르게 요즘엔 장날이면 강아지를 데리고 나오는 사람들이 심심치 않은데 유모차를 타고 마스크를 쓴 강아지가 있어 그것을 본 사람들은 지나가며, '니가 상팔자다.' 하고는 웃음을 쏟아냈다. 오늘도 멀리서 술에 취한 이평 여자는 노래인지 탄식인지 들어도 알 수 없는 소리를 고래고래 지르며 금방이라도 넘어질 것처럼 비틀거리며 온다.

거리의 전마다 펴놓은 것을 만지며 사지도 않으면서 집어먹기도 하고 양말 전 앞에서는 양말을 들었다가는 아무렇게나 내던지며 시비 붙듯 하는 이평 여자의 뒤에는 언제나 흰둥이가 따라다녔다. 물건 주인이 지금 뭐 하는 거냐고 소리를 지르면 흰둥이는 이평 여자 대신 눈치를 힐끔힐끔 보며 제 주인 대신 미안하다고 고개 숙이고 있는 것처럼 살금살금 걸어간다. 그것을 보고 지나던 사람들은 개가 사람같고 사람이 개같다고 했다

이평 여자의 옷차림새는 깔끔하지 않았고 긴 머리는 대개가 헝클어져 있었으며 언제나 남자들이 신는 커다란 슬리퍼를 신고 다녀 술이 많이 취한 날은 자주 넘어졌다. 주인이 넘어지면 흰둥이는 이평 여자의 옆에 가서 얼굴을 핥아주거나 주위를 빙빙 돌며 끙끙거리는데 어서 일어나라고 온몸으로 안타까움을 표현하는 것 같았다.

은행에 들어간 주인을 한쪽에 앉아 얌전히 기다리는 흰둥이에게 사람들이 먹이를 주며 불러도 주인 아니면 바라보지도 않았다. 그중 다행인 것이 여자는 애지중지 흰둥이를 키우는 것 같았는데 지저분한 옷차림의 주인에 비해 흰둥이는 언제나 털이 하얗고 윤기가 나며 깨끗했다.

겨울이면 뜨개질을 해서 옷을 만들어 입혔고 자신은 맨발로 다니며 양말을 만들어 신겼다. 여름에는 모자를 씌우고 다녔는데 흰둥이는 사람처럼 가만히 쓰고 조용조용 다녀서 정말로 사람이 개 같고 개가 사람 같다고 처음 보는 사람마저도 한마디씩 하고 지나갔다.

내가 그 모습을 보고 "강아지 정성껏 잘 키우네," 하면 그 소리가 듣기 좋았는지 붙임성 있게 "언니, 애가 내 자식유, 나 이년 없으면 못 살아유" 한다. 그리고는 길에 앉아 등을 대고는 업어줄까? 하면 흰둥이는 주위를 힐끗거리며 가만히 주인의 등에 올라탄다.

다시 노래를 흥얼거리며 걸어가는 이평 여자의 뒷모습을 보다가 흰둥이가 주인 곁에 오래오래 살아주었으면 하는 바람이 들었다. 그것은 흰둥이가 걱정되는 것보다 혼자 사는 이평 여자의 흰둥이가 떠난 후의 삶이 걱정되는 마음에서이다. 그런데 가만히 생각하니 지금 내가 남 걱정하게 생겼나?

땡큐?

누가 갑질하는 걸까
땡큐?
놀래 죽겠네
환장하겠네

누가 갑질하는 걸까

요 며칠 봄의 끝을 넘나들던 화창한 날씨는 어디 가고 오늘 아침에는 구름이 잔뜩 끼고 바람이 사나웠다. 지금 딱 내 심정처럼 말이다. 사람을 여럿 상대하다 보니 별 사람이 다 있다. 어떤 이는 소리 내어 껌을 씹는데 그것도 재주다. 딱! 딱! 딱! 딱! 쉬지 않고 일정한 간격으로 소리를 내며 가게 안으로 들어온다.

조용하기만 한 가게에 일순 어떤 독재자가 쳐들어온 것처럼 소리가 점점 커지고 그것이 계속될수록 불쾌감이 들기 시작한다. 소심한 나는 순간 어떻게 말을 해서 저 여자의 입속에 있는 껌을 소리 내며 씹지 않게 할 것인가 생각하느라 바빠진다.(껌을 못 씹게 하는 것보다 옷을 팔 생각을 해야 하는디…) 내 마음에 들지 않는 손님을 향해 말했다.

– 뭐 보시게요?
그녀는 껌 씹는데만 사력을 다하는 듯 대답이 없다. 다시 그녀에게 묻는다.

– 뭐 찾으시는데요?
– 그냥 구경하는 거예요. 구경도 못해요?
– 구경하는 건 좋은데 껌 좀….

'안 씹으면 안 돼요?'

하고 싶은 그 말은 도저히 내뱉지 못하고 꾹 삼키고 말았다. 그녀의 핸드폰이 울린다. 핸드폰을 받고 대화를 하는데 목소리가 어찌나 큰지 껌 소리가 묻히나 했더니 동시에 두 가지 일을 다 해내고 있다. 대단한 건지 예의가 없는 건지 듣고 있자니 슬슬 화가 치민다. 중요한 전화는 아닌 것 같은데 좀처럼 끝날 것 같지 않은 수다는 오 분 넘게 계속되었다.

그 시간 동안 마치 고문 당하는 것 같아 손님의 전화가 끝나길 기다리다 포기하고 걸레를 빨고 물건을 정리했다. 전화를 끊고 다시 껌 소리가 요란해지니 도저히 못 참겠다.

— 저기요~! 껌 좀 소리 안 나게 씹으면 안 돼요?
내 높아진 목소리에 놀랐는지 나를 돌아보고는 말했다.

— 왜요?
— … 껌 씹는 소리가 싫어서요.
— 뭐라구요? 별 특이한 사람 다보겠네.

어이없다는 듯이 아래 위로 나를 훑어 보고는 나간다. 잠깐
동안 내가 갑질을 한 건지 손님이 갑질을 한 건지 분간이 되
지 않았다. 속 달래는데 커피 세 잔이 필요했지만 조금만 참
을 걸 그랬나 하다가는,

'아니지, 잘했어.'
그 말을 참고 안 했다면 아마도 병 생겼을 거야.

'아니지, 잘했어. 잘한 거야.'
하며 혼자 외쳤다. 어제 있었던 일이다.

어제와는 다르게 오늘은 날이 습하더니 비가 내리기 시작했
다. 거리가 비에 잠긴 것처럼 고요했다. 허리가 굽어 고개를
들지 못하고 땅만 보고 걸어오는 영감님. 한 손엔 지팡이 또
다른 손엔 때묻은 보자기를 들고 걸어가는 영감님의 몸에는
우비가 걸쳐지기는 했지만 마치 담요를 뒤집어쓴, 어찌 보면
짐승이 걸어가는 모습이었는데 마주 오는 사람과 부딪혔다.

보자기가 떨어지면서 그 안에 담긴 물건이 쏟아지는데 삼립 크림빵, 참외 세 개, 세숫비누, 할머니 하얀 고무신, 하얀 칠부 속바지에 알록달록 꽃그림이 그려져있는 팬티가 빗물이 흥건히 고여있는 곳으로 쏟아져 버렸다.

지팡이를 팽개친 영감님은 바닥에 떨어진 물건을 급하게 주워 담는다. 가게 안에서 그 모습을 보다 수건을 가지고 뛰어나가 닦아드리고 커다란 봉투에 담아드렸다.

"고맙수."

하고 걸어가는 영감님의 뒷모습을 보니 어느 외딴 집에서 병든 할머니가 이제나저제나 우리 영감님 오실까 문 열어놓고 신작로를 달리는 버스를 기다리는 모습이 그려진다. 좀처럼 그치지 않고 속절없이 떨어지는 빗줄기가 꼭 내 맘 같다.

땡큐?

벌써 주말이 되었다. 햇빛이 더없이 좋은 날이다. 창고 뒤편
에 작은 공간이 있어 화초를 키운다. 아무도 보아주는 이 없
는 데서 꽃들이 활짝 활짝 피어주고 있는 생각을 하면 출근을
서두르게 된다.

출근하면서 커피 한 잔 들고나가 발걸음 소리를 들려준다. 그
리고 꽃에게 이야기를 하는데 뭔 이야기를 하는지 내가 들어
도 부끄럽기도 하고 어이없기도 하고 그냥 무심히 꿈같이 허
망한 이야기를 하고 있다. 꽃에게 목 축여라 물을 주는데 누
군가 주인 찾는 소리가 나서 나가보았다.

─ 저… 물건 사러 온 건 아니고요.
─ 네에… 그럼 왜 그러시는데요?

한여름임에도 긴 목에 실크 스카프를 하고 갑자기 나타난 저 멋진 여인은 누구일까? 그 여자의 허스키한 목소리에 귀 기울인다. 내 표정을 잠깐 살피는 듯하더니 좌우로 옷을 둘러본다. 멋부리지 않은 듯 아무렇게나 적당히 틀어올린 머리도 매력 있어 보였다.

─ 이 집 옷이 예쁘네요. 분위기도 좋고요.
─ 네에… 감사합니다. 뭘 찾으시는데요?

대답 없는 그녀의 목에 걸린 스카프는 산티아고 순례길의 바람을 담아온 듯 연초록 스카프 사이로 푸른 기운이 곳곳이 스며있다 쏟아질 듯했다.

─ 스카프가 잘 어울리네요. 멋지네요.
─ 아, 그래요?

두 손을 공손히 비빈다. 그리고는,

─ 아… 내가 모르고 지갑을 놓고 왔는데 다음에 꼭 갖다 줄 테니 삼천 원만 빌려줘요.
─ 네?

— 삼천 원만 빌려주면 내일 꼭 갖다 드릴게요.

보통 때 같으면 아는 얼굴이 아니니 의심도 가고 아침이라 아직 물건을 팔지도 못해서, '저도 가지고 나온 돈이 없네요. 미안해요.' 하고 말 텐데 꽃에 흠뻑 취해서인지 아니면 그녀의 멋스러운 옷차림새 때문인 건지 내 마음이 좋아져서,

"아… 그래요?" 하고 돈을 꺼내는데 주머니에서 오천 원짜리 만 원짜리가 한꺼번에 바닥으로 쏟아졌다. 그걸 본 그녀의 눈빛이 바뀌더니 순간,

— 오천 원만…

하고 말을 바꾼다.

— … 오천 원요?

— 네.

주운 돈을 다시 주머니에 넣기도 전에 내 앞으로 바싹 다가선다. 그 순간 술 냄새가 확~ 풍긴다. 갑자기 이건 아닌 거 같은데 어찌해야 하나… 하는 찰나 내 손에 있는 오천 원짜리를 한 장 빼서 든다. 아니, 이거 아닌데… 하는 순간 긴 스카프 휘날리며 뒤도 안 돌아보고 가는 저 여인, 세상에나 앞모습은 멀쩡했는데 뒷모습을 보니 원피스의 뒷지퍼가 반은 열려 간신히 스카프로 벌어짐을 지탱하고 있고 신발 뒤축은 다 나가 접혀 떨어지고 발뒤꿈치는 쩍쩍 갈라졌다. 아무래도 당한 거

같은기….

'내가 지금 뭐하고 서 있는 건지…. 저 여인에 취한 건가, 꽃에 취한 건가….'

저만큼 가다 다시 뒤돌아서 서는,

"땡큐!"

하는데 매력적으로 들리던 허스키한 목소리가 걸쭉한 탁배기 목소리로 들려온다.

'에따! 나도 모르겠다. 아엠 쏘리… 될 때로 되라.'

다시 꽃이 있는 데로 갔는데, 급하게 나오다 그만 꽃을 건드려 파란 수국 한 무더기 목이 꺾여있다.

놀래 죽겠네

거리에 인적이 없다. 손님을 기다리다 가게 밖으로 나가본다. 겨울은 온데간데없이 사라지고 올려다 본 파란 하늘이 따뜻한 봄날 같다. 멀리 바라본 버스 종점에도 사람이 별반 없다. 몇 개 남아있던 나뭇잎이 다 떨어지고 앙상한 가지만 남은 것이 그래도 지금은 틀림없는 12월 한겨울이라고 말해 주는 것 같다. 오늘 아침 가게 문을 여는데 할아버지가 지팡이를 콕콕 찍고 들어오신다.

― 어험~ 쥔장, 여기 쥐약 파나?
― 쥐약 사시려면 요 바로 옆에 있는 마트로 가세요. 어르신.

— 거기는 계단이 많아서 다리 아파 못 내려가. 왜 쥐약을 안 파는겨. 쥐약 팔면 장사 잘 될 텐데….

— 다리 아프시면 약국으로 가서 사세요. 약국에도 쥐약 팔아요.
— 그려? 알았어.

할아버지가 돌아서는데 요즈음엔 지팡이에도 쇠를 박아놓았는지 걸음을 옮길 때마다 콕콕 소리가 나서 보니 바닥에 자국이 났다. 이런~ 할아버지가 나가시고 장사 준비를 마치고 라디오를 켜고 커피 한 잔 마시는데 이번에는 할머니가 들어오셔서는,

"여기 주걱 팔어?"
하고 귀가 어두운지 큰소리로 말씀하신다.

—할머니, 여기는 주걱 안 팔아요, 요 옆 마트로 가보세요.
— 뭐라고? 주걱 없다고? 주걱을 안 팔면 뭘 팔아?

할머니의 작은 몸짓에 비해 목소리는 천하장사보다 더 크다.

— 할머니, 왜 그렇게 목소리가 크세요?
— 내가 귀가 잘 안 들려서 그려, 보청기를 잃어버렸더니 더 안 들려, 크게 말해 봐, 주걱이 없어? 그럼 고무줄은 있어?

— 할머니 여기 옷 파는 가게예요. 그런 물건은 마트로 가셔
야 해요.
할머니의 귀에 대고 큰소리로 말한다.

— 그렇구면… 영감님 빤쓰 고무줄이 다 끊어졌는데 어디 가
서 사야 하나. 고무줄 넣으면 한참은 더 입을 텐데….

나가시다 걸려있는 옷을 올려 본다.

— 좋은 입성들이 많구면. 곱기도 하네, 이건 누가 다 사 입
누….

할머니께서 걸음을 옮기는데 가게에서 밖으로 나가는 게 십
리 길인 듯 천천히 아주 천천히 걸음을 옮긴다. 저렇게 걸어
서 언제 집에 가시려나 걱정이 든다. 도시에 사는 친구에게
전화를 걸어 오늘 아침 있었던 할아버지 할머니 이야기를 해
주니 연신 웃어댄다.

— 어디서 그런 얘길 듣니… 너무 재미있다.
— 재미있긴, 속 터지는걸…. 아니 옷 가게에서 빨래집게, 냄
비 뚜껑을 찾지 않나, 왜 그런 걸 찾느냐고… 그러니까 옆도
돌아보지 않고 당신 보고 싶은 거만 보시는 거야. 한편으론
웃음도 나오지만 다른 한편으로는 그게 앞으로 일어날 우리
모습인 것 같아 마음이 짠하기도 해.

- 그건 그러네.

그런 이야기 들으면 우리 할머니 생각나서 자꾸 웃음이 나온다는 친구와 전화를 끊고 나니 예전에 5일장 다닐 때 고무줄을 팔러 다니던 아저씨가 떠올랐다.

다리가 하염없이 길고 숱 많은 머리는 뽀글 파마를 하고 한 손에는 편지봉투를 또 다른 한 손은 어깨에 둘러맨 긴 장대를 잡고 있었는데 그 장대에는 고무줄이 여러 가닥 묶여있었다.

"고~~~무~~~~~~~주우울" 하고 장거리에서 소리치는데 그는 특이하게도 항상 말끝을 올려 쇳소리가 났는데 지나가던 사람들이 모두 쳐다보았다. 오래도록 세수를 안 한 것 같은 때가 낀 낯빛은 언제나 파리했다. 한여름에도 두꺼운 사파리 점퍼를 입고 머리에는 다 헤진 밀짚모자를 눌러썼지만 파마 머리가 얼마나 뽀글거리는지 밀짚모자는 머리의 반 정도에 걸쳐져 있어 큰 키가 더 커 보였다.

나는 장사하다 말고 그 남자의 뒤를 따라가 "아저씨 편지 봉투 주세요." 하는데 그의 앙상한 손이 거죽만 남아 편지봉투를 받아들 때 마음 아파지던 사람이었다. 그를 뒤따르던 누군가 "이 사람아, 요새 누가 고무줄을 사나, 젊은 사람이 돈이 되는 걸 해야지." 했었다. 그는 그 말을 듣고 그 자리에 한참 서있더니 고무줄을 돌돌 말아 자루에 담고 노을이 쓸쓸히 내려앉은 장거리를 빠져나갔다.

그리고 한 달쯤인가 그 남자는 새로운 물건을 들고 왔다. 특유의 목소리로 "쥐 잡아~! 바퀴 잡아~!" 하고 외치지만 목소리가 가늘어 듣는 사람조차 힘겨웠다. 쥐약 장사가 돼버린 그 남자의 긴 다리가 휘청거린다.

— 아, 이 동네에는 쥐도 없나. 쥐 없으면 바퀴 벌레라도 있어야 할 거 아녀. 에이. 오늘 점심 또 굶게 생겼네. 쥐 잡아~! 바퀴 잡아~!

남자가 소리를 지르며 악을 쓰는데, 요즈음 쥐약이 팔릴까? 그 남자 곁을 지나가는 초로의 노인이 말했다.

— 쥐약 하나 줘 봐, 요즈음 쥐약이 팔리나? 다른 사람은 밥 먹을 새도 없이 돈을 버는데 잘 되는 걸 해야지.

그러자 그 남자는,

— 뭘 해야 잘 팔릴까요? 영감님
— 고무줄 장사하면 어떻겠나? 내 고무줄을 사려고 지난 장부터 다 찾아다녀도 고무줄 장사가 없네, 고무줄 장사하면 잘 될껴.

세찬 바람을 피하느라 공중전화박스 옆에 서 있다가 우연히 그 소리를 들었던 나는 기대와 절망이 교차하던 그 남자의 눈빛을 쳐다보다 차마 더는 바라볼 수 없어서 내 자리로 돌아왔다. 몇 년이 지나고 장터에서 고무줄 아저씨를 만났는데 나를 기억하고 있는지 아는 척하며 다가서서는 대뜸 이렇게 말한다.

— 아줌마가 책에다가 나, 돈 못 버는 거지라고 썼어요?
— 네? 아니… 그게 아니고… 죄송해요.
— 하하하하, 놀라기는 뭐 그렇게 놀래요. 죄송하긴 멋있게 써줘서 좋더구먼…

— 네?

너무 놀란 나머지 내 머리가 그 아저씨의 파마머리보다 더 커졌던 순간이었다.

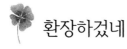 환장하겠네

근로자의 날이다. 주변 마트가 문 닫는 날은 일 년에 딱 한 번 뿐인 근로자의 날이라고 했다. 그러니 문 닫는 날은 손님이 없다고 오늘은 쉬자고 주변 상가 사람들이 말했다. 마트 옆에 있는 가게의 사장이 된 지는 오늘로 딱 한 달 하고 삼 일 되었다. 직원은 없지만 그래도 나는 어엿한 가게 주인이니 근로자가 아니고 사장님 아니냐며 흐뭇하게 생각하고 가게 문을 열었다. 첫 번째 손님이 들어왔는데 남자였다.

— 여기 사장님이세요?
— 네.

— 천장에 달린 형광등이 나갔는데 바꾸지 그러세요?
— 네?

— 여기 불이 나가서 가게가 침침하잖아요. 내가 온 김에 갈아 드릴게.
— 어디서 오셨는데요?
— 요 옆에 공사하다 지나가는데 불이 나가서 안타까워서 들어왔어요.

"안타까워서요?" 하는 내 말이 끝나기도 전에 어깨에 메고 있던 사다리를 내려놓고 올라타더니만 순식간에 형광등을 바꿔 낀다.

— 아저씨, 혹시 그냥 해주시는 거는 아니지요?
— 그냥 해주는 거나 마찬가지지요. 원래는 5,500원인데 오늘은 특별히 4,500원에 해 드리는 거예요. 저쪽에 있는 것은 전구를 갈아 끼지 않으면 안전기가 나가요.

내 머릿속의 계산이 끝나기도 전에 나머지 형광등을 잡아 빼더니 8개의 형광등을 바꿨다.

— 돈을 건네받더니 오늘 돈 버신 거 맞습니다.

돈을 챙기자 휙 나간다. 뭐에 홀린 거는 같았지만 '참나 원 서

민 갑부에 나올 사람일세, 어째 저리 열심히 근로자의 날 일을 찾아다닌단 말인가.' 놀라운 상술에 감탄하고 있는 사이 두 번째 손님이 들어왔다.

— 나한테 맞는 블라우스 있는 감?

배가 이만큼 나온 뚱뚱한 아주머니였다.

— 그럼요. 있지요.

손님에게 큰 사이즈의 블라우스를 권했다. 아주머니는 나를 바라보더니 이렇게 말한다.

— 그걸 나한테 입으라고?

— 네, 입으면 아주 예뻐요. 색깔도 은은하고 잔꽃 무늬라 좀 날씬해 보일 거예요. 왜 마음에 안 드세요? 다른 거 보여 드릴까요.

— 맘에는 드는데 그거 나한테 커. 못써. 좀 작은 거 줘 봐.

— 안 커요. 한 번 입어보세요. 보기에는 커 보여도 입는 거 하고 달라요.

— 입으나 마나 커 못써. 작은 거 줘 봐.

— 안 큰데… 제가 한 번 입어 볼게요.

입고 있는 옷 위에 걸쳤는데 옷이 딱 맞았다.

— 이거 보세요. 제가 입어도 간신히 맞는데 크지 않아요.

— 이 사람아, 자네가 나보다 훨씬 뚱뚱한데 이 사람이 누구하고 비교를 해?

— 네? (이건 아닌데… 나보다 한 십 킬로는 더 나갈 것 같은데… 환장하겠네.)

나는 그만 참지 못하고 '욱' 하고 말았다.

— 아니, 그래도 그렇지 어떻게 어머니보다 제가 더 뚱뚱할 수가 있어요. 어머니는 몇 킬로 나가는데요.

— 몇 킬로가 뭔 소용여… 나는 그런 거 몰러. 이 사람아! 지나가는 사람을 붙들고 물어봐. 누가 더 뚱뚱한지… 그리고 몇 살인데 나보고 어머니라고 해? 내가 화장을 안 하고 나와서 그렇지 이제 칠십둘인데, 자네는 몇 살이나 먹었어? 나하고 비슷할 거 같은데….

― 네?

― … 아니, 제가 염색을 안 해서 그렇지. 그래도 나이보다 어려 보인다는 소리를 듣는데… 저하고 비슷할 거 같다구요? 저는 오십 대 후반이에요.

― 그려? 그런데 늙어 보이는구먼…
(뜨아아~~ 으아앙. @#$%^&*(()))

다리가 불편한지 들어오면서부터 의자를 찾으며 앉아 있는 아주머니께 무지막지한 직격탄을 맞고 내가 손님보다 분명히 덜 뚱뚱하다는 것을 증명시켜야 한다는 각오로 마음을 다스리고 말했다.

― 어머니, 그럼 입어보세요. 입어보고 크면 작은 치수 드릴게요.

― 그려? 작은 거 분명히 있지? 그럼 한 번 입어볼까?

옷을 입는데 오른팔 반쯤이 들어가자 팔뚝에서 걸려 옷이 더 이상 들어가지 않았다.

― 그것 보세요. 제가 작을 거라고 했잖아요.

나는 승리의 미소를 지었다. 하지만 아주머니는 당황치 않고,

— 내가 어제오늘 밥을 많이 먹어서 그려, 내 생일이라고 딸년하고 우리 사위하고 손주 녀석이 괴기를 얼마나 많이 끊어왔는지 한 사흘은 괴기만 먹었다니께, 그새 살이 쪘구먼. 한 이틀 풀만 먹으면 살이 쪽 빠져.

— 그럼, 살 빠지면 입으시게 이 블라우스 드릴까요?
— 아녀, 그건 자네한테 잘 어울리니 자네가 입어. 나는 살 좀 빼고 올 텨.

힘겹게 일어나 무거운 몸으로 더듬더듬 걸어간다. 방금 갈아 낀 환한 형광등 아래서 손님의 뒷모습을 바라보다 내가 아주머니보다 덜 뚱뚱한 건 이로써 증명이 되었다.

그럼 나이는? 늙어 보인다는 건 어쩌라구…누구라도 지나가면 '실례하지만 지금 나가시는 저 아주머니하고 저하고 누가 더 늙어 보여요. 솔직히 말씀 좀 해주세요.' 진심으로 막~ 막~~ 누군가에게 묻고 싶다.(에라이~ 소심한 주인장 같으니라고…%$^&*&(*)켁~~)

*오늘의 할 일 : 집에 돌아가자마자 새치머리 염색하기. 맛사지 하기.

다정도 병이라

커피 맛이 미치도록 좋아졌다
이런 데서 만나네요
다정도 병이라
마법사 할머니

커피 맛이 미치도록 좋아졌다

일 년 중 2월이 가장 불경기다. 손님이 없다 보니 마음도 몸도 지쳐 가게 문을 여는 시간이 점점 늦어진다. 그래서 가끔 단골손님으로부터 핀잔을 듣기도 한다. 그저께도 아홉 시가 되어서 가게에 도착했다. 가게 앞에 서 있던 아주머니가 나를 보더니 큰소리로 말한다.

— 왜 그렇게 늦게 와? 내가 여기에 몇 번이나 왔는 줄 알아? 아이고, 이렇게 물건 사기가 힘들어서야….

죄송하다 말하고 가게 문을 열자 아주머니가 뒤따라 들어온다.

— 다른데 가서 사도되는데 나는 꼭 여기서만 사잖아, 눈썹연
필 하나 줘 봐.

눈썹연필은 우리 가게에서 제일 가격이 낮은 제품으로 다른
것을 팔기 위한 미끼 상품이었기에 속으론 실망스러웠지만
몇 번이나 왔다고 했으니 빈 걸음으로 돌아서게 한 미안함을
친절함으로 대신했다. 눈썹연필을 건네받은 손님이 말한다.

— 천 원이지?
— 이 천 원인데요.

— 무슨 이 천 원야? 천 원씩 사 갔는데…
— 아니에요. 착각하신 거 같아요. 이건 십 년 전부터 이 천 원
에 팔았어요.

— 무슨 소리야? 천 원에 사 갔는데… 그럼 내비 둬. 대전 가
서 사게…'

들어올 때 하고는 달리 차갑게 돌아선다. 잠시 멍하니 있다
커피를 한 잔 가득 따라 마시는데 이 아침 커피는 몹시 쓰다.
출발은 그렇지만 오늘도 힘차게 일하자, 하는 마음으로 가게
안에 놓인 옷이 가득 걸린 행거를 밖으로 옮기는데 입구에서

그만 행거와 함께 넘어지고 말았다.

일어나려 몸을 일으키는데 출입문에 그만 행거가 끼여 꿈쩍도 하지 않았고 행거에 걸린 옷은 쏟아져 내 몸을 다 덮고 있었다. 다시 일어나려 아무리 애를 써도 도저히 일어날 수가 없었는데 마침 지나가던 아저씨가 옷 틈에 얼굴만 삐죽 나온 나를 가만히 쳐다보고 있었다. 창피했지만, "아저씨, 좀 도와주세요." 하고 소리쳤다. 그러자 아저씨가 눈만 껌뻑 거리고 누워있는 나를 계속 내려다 보고만 있었다.

— 아저씨, 쳐다보지만 말고 좀 도와주세요.

말없이 서 있던 아저씨는 기운 없는 목소리로 입을 떼었다.

— 내가… 허리…를… 못…써… 그래서 히임이… 없어…

바닥에 누워있던 나는,

— 네?????? 그럼 그렇게 내려 보지 마시고 그냥 가던 길 가세요!

아저씨한테 괜히 화를 버럭 냈다.

— …그려… 가지… 말…라…고… 해도… 갈…껴.

힘겹게 발을 떼는데 영 기운이 없는 게 잘못하다가는 내 위로 쓰러질 것처럼 위태로워 보였다. 마침 뒤따라 오던 사람들이 넘어져 있는 나를 보고는 달려들어 행거를 빼내어 일어날 수 있었다.

정신을 차리고 쏟아진 옷을 다시 행거에 걸고 있는데 조금 전 허리를 못쓴다는 아저씨가 느리게 발걸음을 떼며 저만큼 걷다가 뒤돌아 나를 바라보는데 많이 미안했다.

몸이 아픈 것도 서러울 텐데 그것도 모르고 도와달라고 소리치고 모진 소리를 했으니 아저씨 심정이 어떠했을까? 다시 커피를 마시는데 이번 커피는 더 쓰다. 무력감에 빠져 있는데 예전에 함께 일했던 민이에게서 전화가 왔다.

— 지금부터 오늘 아침 한 시간 안에 일어난 일을 간략하게 얘기해 줄게. 잘 들어 봐.

눈썹연필 아주머니 이야기와 넘어진 나를 가만히 내려다보고 있었던 아저씨 이야기를 했다.

—언니, 제발 웃기지 좀 마.

민이는 웃느라 말을 못 잇는다.

– 이게 현실이라는 게 불편하다. 너는 이 상황이 재미있다고 생각하니? 나, 이대로 있다가는 기운 빠져 또 넘어질 것 같아, 누가 까닭 없이 죽고 싶다더니 요즈음이 그렇다. 우리 이번 주말 일하지 말고 어디든 떠나자.

– 그래, 언니, 나도 사실 요즘 장사도 안되고 많이 힘드네. 언니가 가게 문 닫고 쉬겠다니 믿어지지가 않아. 정말이지? 그 말 번복하기 없기다.

– 알았어.

그렇게 의기투합해 민이와 금련이와 어제오늘 3년 만에 가게 문 닫고 바람 좋은 무주로 향했다.

좋아하는 진안 5일장 구경도 하고 맛있는 음식 먹고 쾌적한 곳에서 잠을 자고 어려운 시절 함께 했던 사랑하는 사람들과 함께 하니 더없이 좋은 시간이었다. 집에 돌아오는 차 안에서 마시는 커피 맛이 미치도록 좋아졌다.

내일부터 다시 시작이다.

이런 데서 만나네요

가을에는 축제가 많아서인지 장거리에 사람이 없다. 공휴일이나 주말엔 사람이 더 없는 것을 보니 시골 사람들도 휴일엔 어디론가 떠나는가 보다. 모두가 떠나고 있는데 나는 여전히 가을이 다 가도록 제자리만 지키고 있다. 멀리서 꼬부랑 할머니가 햇볕을 등에 지고 힘겹게 걸어온다. 오로지 땅만 보고 걷는 듯했는데 갑자기 내 전 앞에 지팡이를 내려놓고 털썩 주저앉는다.

나는 하나 팔 요량으로 반갑게 다가갔다.

— 할머니, 뭐 찾으시는 거 있으세요?

대답이 없는 할머니는 화장품을 하나하나 살펴본다.

— 할머니 찬바람이 불어서 얼굴이 땡겨요? 뭐라도 발라보게요?

여전히 묵묵부답, 윤기와 살점이라고는 전혀 찾아볼 수 없는 마른 잎새처럼 야윈 손으로 영양크림을 만져본다.

— 할머니 그거 크림이에요. 크림 몰라요? 그럼 구루무…. 아시지요? 구루무… 얼굴 땡길때 바르는 것.

한참을 이리저리 살펴보더니 내려놓고 이번에는 로션을 만진다. 할머니 귀가 어두워 잘 안 들리나 싶은 생각이 들어 할머니 귀에 대고 크게 말했다.

— 할머니, 그게 양이 많지요. 구루무보다는 그게 나아요. 세수하고 바르면 오래 쓸 수 있어요. 영양크림은 얼마 못써요. 양 많은 이 로션으로 사셔요.

화장이라고는 전혀 해보지 않은 듯한 할머니에게 오래 쓸 수 있다는 말을 강조하며 큰소리로 말을 했다. 그래도 여전히 묵묵부답이었던 할머니께서 드디어 입을 열었다.

— 이게 다 뭐여?
의아스럽게 나를 쳐다본다. (뜨아아~~)

— 할머니 화장품 몰라요? 구루무?
— 이게 뭐 하는데 쓰는겨?

다시 묻는다.

— 얼굴에 바르는 거예요. 그러면 할머니 뭐 찾는데요.
— 나? 응, 변소 찾어, 변소 어디여? 나 변소에 좀 데려다줘.
오줌 매려 죽겄어.

할머니는 화장품이고 뭐고 다 소용없다는 눈빛이었다. 농협
화장실에 할머니를 모시고 가는데 힘만 된다면 차라리 업고
뛰는 게 편할 만큼 지팡이에 의존하는 걸음이 느리다. 전 펴
놓은 자리를 비워놓고 가니 불안하기는 했지만 할머니께서
화장실에 갔다오기라도 한다면 무거운 할머니의 걸음이 한
결 가벼워지지 않을까 싶은 생각이 들었다.

화장실 문 앞까지 왔는데 한 예닐곱 살로 보이는 귀여운 사내
아이가 가방을 들고 문 앞에 서있었다. 사내아이가 할머니를
보고 묘한 표정을 짓는데 그럴 때는 눈이 밝은지 할머니께서
사내아이를 향해 말한다.

— 너 기동이 아니냐. 네 할미랑 같이 나왔냐. 네 할미는 어디
갔냐.

굽은 허리로 원을 그리며 한 바퀴를 돌며 기동이 할머니를 찾는 듯했는데 눈을 반짝이며 입언저리를 살짝 들어 올리던 사내아이는 할머니를 향하고 있었다.

– 이런 데서 만나네요.

어린아이의 능청스러운 말에 화장실 문 앞에서 순서를 기다리며 서있던 아주머니들 모두 웃음을 터트렸다.

– 그러냐. 네 할미는 어디 갔냐.

재차 묻자 화장실 안에 기동 할머니가 있었나 보다.

– 누구여? 하고 화장실 문을 반쯤은 열고 소리를 지른다.

그쯤에서 할머니를 모셔다드리고 내 자리로 돌아오는데 나도 늙어서 저러면 어쩌나 걱정이 되기도 했지만 실실 웃음이 나왔다. 내 전 앞에 손님이 서있기에 막 뛰어갔다.

– 자리 좀 지켜 어디를 그렇게 돌아다녀. 지난 장에도 왔는데 없어서 그냥 갔고만….

단골손님이 소리를 지른다.
– 네네 죄송합니다. 대신 싸게 드릴게요.

갑자기 몸이 따뜻해진다. 바람이 많았던 하루였는데 파장을 할 무렵부터 빗방울이 떨어지기 시작했다. 장이 끝난 후라 비를 맞지 않으니 다행이었다. 집에 돌아오는 길, 늘 따라오던 달빛은 없었지만 평생 화장품을 발라보지 않았다는 할머니의 주름 가득한 얼굴이 함께 했다.

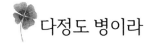# 다정도 병이라

올겨울은 춥지 않아서인지 비가 자주 왔다. 며칠 전 가게 출
근하는데 안개비인 듯 잠바 위에도 머리 위에도 거미줄처럼
비가 내려앉았다. 일기예보를 보니 비가 잡혀있지 않아 밖에
물건을 내놓기 시작하였다 지나가던 사람이 말한다.

– 비 오는데 옷을 내 놔요?
– 네, 비 오는 거 알고 있어요.

관심을 가져주심에 감사의 인사를 전했다. 다른 지나가는 사
람이 똑같은 말을 한다. 좀 전처럼 알고 있다 하고 목례를 했

다. 또 다른 사람도 약속한 듯 걱정의 말을 놓고 갔다. 이런 일
은 약 사십 분 정도 계속되었다. 가게 안이 복잡해서 물건을
밖으로 내놓지 않으면 장사를 할 수 없는 상황이었기에 비가
오는데도 물건을 내놓는 이상한 사람이 되지 않을 수 없었다.
그렇다고 내놓은 물건에 비닐을 덮기에는 비의 양이 적었고
곧 안개비는 소리 없이 사라질 거라 생각했다. 지나가는 대부
분의 사람과 인사말을 오가며 물건을 모두 내놓고 가게 안으
로 들어와 커피 한잔하려고 자리에 앉았다. 또 다른 지나가던
사람이 가게 안을 들여다보고,

"여기 비 와요!"
하고 소리친다.

자리에서 일어나,
"알고 있어요. 감사합니다."
소리친다.

또 다른 할머니 한 분이 지팡이를 콕콕 찍으며 힘겹게 가게
안으로 들어와,

"이봐, 비 와, 지금 비 온다고… 옷 다 젖어…"
하신다. 이쯤 되니 불편해지기 시작했다.

─네, 할머니 알고 있으니 걱정하지 마세요.

―나 좀 쉬었다 갈게. 의자 좀 줘 봐. 걷기도 힘드네.

―날씨도 안 좋고 힘든데 뭐 하러 나오셨어요?
―날마다 병원에 오느냐 그려. 허리 아파 침 맞으러… 커피 없어? 있으면 커피 좀 한 잔 줘 봐.

그러고 보니 좀 전에 타 놓은 커피가 다 식었다. 할머니가 커피를 마시는 동안에도 지나가는 사람들이 비가 온다고 소리쳤다. 그러자 할머니께서,

― 그냥 가던 길이나 가지 누가 모를까 봐 그러나….
(뜨아아~~ 이 할머니 뭐야? $%^&*(#%&)

할머니가 나가신 후 비닐을 꺼내어 물건을 덮기 시작했다. 지나는 사람들의 걱정을 차단시키기 위함이었다. 자전거를 타고 가던 사람이 되돌아와 바람에 펄럭이며 제멋대로 날아가는 비닐을 잡아주었다.

― 오늘 비 온다고는 안 했는데 그래도 제법 땅을 적시네요.

비닐을 꼭꼭 잡아 누르며 함께 단도리를 해주고는 다시 자전거에 올라가던 길을 갔다. 그 사람의 뒷모습을 보며 하늘을 올려다보았다. 거미줄처럼 비가 가벼웠다. 비닐을 덮어놓으니 누구도 말을 걸어오는 사람이 없었다.

마침 친구 희경이 놀러 왔다. 좀 전의 일을 말하려 하는데 옆 가게 사장님이 오더니 비도 안 오는데 왜 비닐을 덮어놓았냐고 한다.

– 비가 안 오나요?
– 이 정도 비야 비라고 할 수도 없지. 이렇게 덮어놓으면 장사가 안되잖아.
나는 두어 시간 사이에 일어난 일을 이야기하자 허허 웃더니,

– 우리는 물건 내놓아도 누구 한 사람 비 온다고 말해준 사람이 없었는데 기분이 이상하네.

옆 가게 사장님이 나가신 후 안개비가 그쳤고 희경이와 함께 비닐을 다시 걷었다.

– 그래서 사람들이 자꾸 비 온다고 말해서 화났어?
– 화는 아닌데… 그게 뭐랄까. 그냥… 뭐… 좋지는 않았지.
내 손을 슬며시 잡은 희경이 말한다.

– 친구는 오늘 수많은 사람한테 사랑을 받았네, 친구에게 관심이 없었으면 그 사람들은 모두 그냥 지나치지 않았을까, 아무래도 친구는 사랑받기 위해 태어났나 봐.

– …뭐라고??

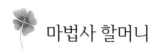 마법사 할머니

물건 진열을 끝내고 잠시 쉬어볼까 하는데 몸이 온전치 못한 할머니 한 분이 어찌나 빨리 걸어오던지 마치 마법사가 걷는 듯했다. 그 모습에 눈을 떼지 못하고 바라보고 있는데 우리 가게로 들어온다. 의자를 내어드리니 급한 숨을 고르신다.

— 이제 걷는 것도 힘들어…. 나 시원한 물 한 잔만 줘 봐.

물을 마신 할머니는 가슴을 쓸어내린다.

— 몸도 불편한데 날아다니는 것 같으세요. 걸음이 어찌 그리 빠르세요?

— 이게 뭐가 빨라? 젊었을 때는 내가 걸어가면 날다람쥐가 날아다니는 것 같다고 했는디 지금은 늙어서 허당여.

체격이 야위고 몸이 부스러질 듯 건조하고 가벼워 보이는 작은 할머니께서 그리 말씀을 하시니 젊은 시절 어찌 살아오셨을까 그려진다.

— 고추 모종 사셨네요. 할머니가 심으시게요?
— 그럼, 고추 모종 심는 거야 일도 아니지.

몇 시냐 묻는다.

— 아직 차 시간이 남았네. 좀 쉬었다 가도 되지?
— 그럼요.

— 내가 몇 살로 보이나?
— 글쎄요.

— 이제 아흔 살이 넘었어. 내가 어떻게 살았는지 얘기 좀 들어볼텨?
— 그러세요.

— 우리 엄니가 나를 낳기 한 달 전에 아버지가 죽었어, 낳고 보니 내가 딸이라고 할머니가 윗목으로 밀쳐놨다네. 먹기 살기 힘들어 죽으라고 사나흘 동안 젖을 안 먹였는데도 꿈틀꿈

틀 거리며 울지도 못하고 숨을 깔딱깔딱 쉬면서 죽지도 않더라네, 우리 엄니가 내가 불쌍해서 젖을 먹이니 할머니가 엄마품에 있는 나를 모지락스럽게 빼서 또 윗목으로 밀어놓고 죽지도 않는다고 욕을 욕을 해댔댜. 핏덩이가 뭐를 안다고 … 내가 욕을 많이 먹어서 이렇게 오래 산다고 생각혀.

막히지 않고 말하는 할머니는 마치 옛날부터 전해져 내려오는 이야기꾼 같았다.

― 엄니가 나를 데리고 재가를 했는데 새아버지한테 구박을 얼마나 받았는지 그 설움은 말로 다 못햐, 친구들은 다 핵교 가는데 핵교도 안 보내주고 새아버지가 담배 사 오라고 돈을 줬는데 핵교가는 친구들 만날까 봐 개울가에 앉아있다 그만 돈을 놓쳐버렸어야, 돈을 건지러 개울로 내려갔지만 물살을 타고 너울너울 사라져버렸어야, 담배 가게 아저씨한테 나중에 새아버지가 줄 거라고 하며 외상으로 담배를 들고 왔는데 얼마나 무서웠는지 지금 생각해도 오싹허네, 잉, 물 좀 한 잔 더 줘 봐.

할머니는 단숨에 물을 마셔버렸다.

― 천천히 말씀하세요. 힘들어요. 할머니.
― 하나도 힘 안 들어. 갈 길이 바쁘니께 빨리 말해야 혀. 그런데 그 거짓말이 들통이 나서 화가 엄청 난 새아버지가 내 목

덜미를 바싹 움켜쥐고 밖으로 끌고 나와 논 한가운데 푹 패인 깊은 웅덩이에 나를 돌멩이 집어던지듯 던지더라고. 기어올라오면 발로 차고 또 기어올라오면 발로 차고 나중에는 막걸리 주전자를 들고 와 술을 마시며 해가 질 때까지 그 짓을 하더라구.

내가 새아버지한테 구박을 하두 받으니께 우리 엄니가 나를 큰아버지 댁에 데려다 놨는데 여기나 거기나 구박받는 것은 다 똑같았어야. 엄니가 보고 싶어 새아버지 집을 몇 번이나 찾아갔지만 새아버지 만날까 싶어 동네에서 서성거리다 멀리서 엄니 얼굴을 보고서야 큰집으로 돌아가고는 했지.

입 하나 덜자고 열다섯 되니 이웃 동네 사는 남자한테 시집을 보내더라고, 시집은 갔지만 똥구녕이 찢어지게 가난해서 굶기를 밥 먹듯 했는데 신랑이 나를 두고 돈 벌어 온다고 일본으로 떠났지. 병든 시할머니 병수발하는데 밥 축낸다고 거기서도 시엄니한테 엄청 구박받았어야, 그래도 시할머니만큼은 나를 어여뻐했지, 이제나저제나 기다리던 신랑이 5년 만에 나타났는데 병든 몸으로 나타났지. 뼈빠지게 일해서 모은 돈 놀음판에서 털리고 도둑놈한테 뺏기고 그러다 몸 상하고 겨우 집이라고 찾아왔네, 홧병 나서 일 년 만에 죽었어야….

― 물 좀 줘 봐, 속타네, 아들이 둘인디 하나는 굶어죽고 하나는 살았어. 그 아들이 어제 와서 풀도 뽑고 고추도 심고 했어.

고추 심을 곳이 조금 남아서 남은 땅에 심을라고 모종 사러 나왔지. 어버이날이라고 돈도 주고 가네. 빤스를 얼마나 오래 입었는지 고무줄이 다 늘어져 못 쓰것어서 빤스 사러 왔어. 얼마나 입고 살다 죽을지는 몰라도 고운 색깔로 줘 봐. 젊었을 때 못 입어본 거 죽기 전에라도 입어보게. 내가 주책맞게 말이 길었지?

―아니에요. 할머니, 고생 많이 하셨네요.

―우리 때는 다 고생했어. 어찌 나만 고생했겠어? 지금이야 세상 좋아져 굶는 사람 없고 먹고 싶은 거 다 먹고 살제. 나는 말여, 다음번에 태어나면 부잣집에 태어나서 부모님 구박 안 받고 밥 안 굶고 좋은 신랑 만나 잘 살고 싶어. 여기 가게 주인은 그렇게 살고 있지?
나는 "그럼요." 하며 할머니 손을 잡았다.

― 그럼, 그래야지. 잘 살아야지. 빨리 가서 땅 촉촉할 때 심어야지 이놈들이 예쁘게 살아나지.

할머니가 일어섰다.

― 나 간 후에 욕하지 말어. 그냥 한풀이하고 가는겨.
― 네, 욕 안 해요. 욕할 게 있어야 하지요. 고생 많이 했다고 욕할까요?

― 이 사람 싱겁기도 하네.

― 다음 생애에는 할머니 소원이 꼭 이루어질 거예요. 할머니 건강하세요.

― 그려…

종종걸음으로 날아가듯 사라지는 할머니, 요즈음 말로 역대급으로 쿨한 할머니시다. 할머니가 지나가는 곳에서 바람이 불어온다.

다정도 병이라

나는 옥천이 참 좋다

역병

나는 옥천이 참 좋다

반짝반짝 내 친구 희경이

누가 울어

역병

얼마나 무서우면 사람들이 집에서 나오지를 않을까? 요즈음
은 모두 다 어딘가로 이사 가고 이 읍내에 나와 몇몇 사람만
사는 것 같다. 버스 종점이 가게 근처에 있으니 아침이면 작
은 면 단위에서 버스를 타고 나와 복지관이며 여성회관 노인
회관에 날마다 가는 사람들의 얼굴을 볼 수가 없다. 간혹 지
나가는 사람들 모두 마스크를 쓰고 가니 누가 누군지 알 수가
없다.

가게를 찾는 사람은 아주 급한 사람 아니고는 손님이 없다고
보는 게 차라리 낳겠다. 그래도 가게 문은 열어야 하니 여느

날처럼 밖에서 물건을 진열하고 있는데 지나가던 사람이 내 엉덩이를 지팡이로 치며,

"단골손님을 보고 아는 척도 안 해?"
하고 소리를 지른다.

깜짝 놀라 쳐다보지만 눈만 내놓고 있으니 알 길이 없었다. 가뜩이나 손님이 없어 신경이 예민해져 있는데 소리를 버럭 지르는 이를 어여삐 봐줄 수는 없는 것이다,

ㅡ마스크를 쓰고 있는데 제가 어떻게 알겠어요?

퉁명스레 말하니 마스크를 반은 벗더니 뭐가 재미있는지 깔깔 웃는다.

ㅡ 하긴 그러네.

마스크를 벗으며, "이젠 알것지?" 하는데 소정리 할머니였다. 몇 년 전에 할머니께서 우리 집 손님으로 옷을 살 때였다. 우리 가게는 일할 때 마구잡이로 입는 옷을 주로 파는데 대부분이 한 장에 오천 원이다. 세탁소에서 바지 줄이는데도 삼천 원 사천 원인데 사실 티셔츠나 바지 한 장에 오천 원씩이면 누구나 싸다고 한다. 그런데 할머니께서 오천 원이라고 하니 "아니 뭐가 그리 비싸, 오천 원?"하며 입을 딱 벌리는데 누구

말마따나 얼마나 놀랬는지 혓바닥이 반은 빠진다.

— 이게 뭐가 비싸요. 여지껏 이거 한 장 팔려고 말한 값을 쳐도 오천 원은 넘겠네요.

그래도 할머니는 물러서지 않았다.

— 비싸지, 오천 원이 뭐여, 삼천 원만 햐, 팔라면 팔고 싫으면 관 둬, 저 아래 가서 사지 뭐. 쌔인 게 옷 장사여. 마음 같아서는 "가세요, 가서 거기서 사세요, 할머니." 할 건데 아니 그렇게 말할 참인데 장날마다 와서 도와주는 알바 언니가 뒤에서 보고 있다가 나를 슬쩍 뒤로 민다. 열받지 말고 빠지라는 소리다.

— 그러지 말고 오천 원 주세요. 대한민국 어디 가도 이 옷 오천 원 안 주면 못 사요. 입고 싶은 것 입고 사세요. 오만 원도 아니고 오천 원인데….

알바 언니가 할머니를 모시고 가게 안으로 들어오더니 오백 원만 빼드리라고 한다. 오백 원을 주니 할머니의 입가에 웃음이 번졌다.

— 미안햐. 내가 오죽하면 이러겄어? 돈 나오는데가 없어. 나라에서 주는 돈은 손주 놈 먹을 거 사 가야 혀. 전화세를 안내

서 전화가 끊겼다고 하도 지랄을 해서 그것도 내야 혀, 내가 내 옷 살 형편이 아녀. 언제 죽을지도 모르는데 옷은 뭐하러 사냐고…. 그런데 당장 입을 옷이 없네. 지난달 딸년이 와서 장농을 죄다 쑤셔놓더니 떨어진 옷을 뭐 하러 입느냐고 다 끄집어 내서 그 망할 년이 홀랑 불을 놓고 갔네… 그러니 당장 입을 게 없어.

— …알았어요. 할머니, 잠깐만 기다려 보세요.

불량제품을 모아둔 옷 봉투에서 옷 몇 가지를 꺼내 할머니께 드렸다.

— 할머니 이거 단추 떨어진 거 하고 실밥 풀린 거니까 조금만 손봐서 입으시면 돼요.

옷을 대량으로 구매하니 일일이 살펴보기는 불가능 한지라 상품을 뜯다 보면 불량인 제품이 간혹 나왔다. 도매시장에 가서 반품해도 되지만 목소리 높이는 일이 생길까 싶어 내가 손해 보고 말지 하고 한꺼번에 많이 사 가는 손님에게 아니면 단골손님들에게 조금만 손보면 되니 입으라고 서비스로 준다.

— 나 돈 없어, 안 사.
— 그냥 드리는 거예요. 갖다 입으세요.

– 싫어. 이걸 왜 그냥 가지고 가?

하지만 할머니의 얼굴에선 이미 기쁨의 표정을 숨길 수가 없었다. 할머니는 많은 말을 남기고 가다 뒤돌아보고 또 가다 뒤돌아보고,

"나, 소정리 살아. 여간 고마운 게 아니네…"

하며 지팡이를 콕콕 찍으며 걸어가는데 그 소리가 가볍고 경쾌하게 들렸던 것은 할머니 마음이 내 마음 같아서일까, 아니면 내가 어머니 속만 썩였던 그 망할 년이어서일까….

5일 후 그다음 장날, 소정리 할머니가 가게 안으로 씩씩하게 들어와서는 들고 온 보따리를 풀었다. 손님이 많았던 시간이라 미처 할머니를 응대해드리지 못했는데 순간 된장 냄새가 진동을 했다.

– 할머니, 뭐예요?
– 응, 이거 먹어 봐. 사람들이 다 맛있다고 혀. 내가 하도 고마워서 줄 건 없고 된장 가지고 왔어.

할머니는 된장 찍은 손가락을 내 입에 대었다. 흥정하던 손님들을 놓칠 것 같아,

― 맛있어요, 고마워요. 잘 먹을게요.

할머니를 서둘러 내보낼 수밖에 없는 상황이 되었다. 몇 팀의 손님들이 물건을 고르고 있었고 가게 밖에 펴놓은 물건도 마찬가지인지 모처럼 손님이 넘치니 밖에서도 정신없이 주인을 찾고 있었다. 내 맘과는 달리 할머니는 쉽게 나갈 생각이 없어 보였다.

― 내 된장 먹어 본 사람은 다 맛있다고 햐. 이거 냉이 놓고 호박 썩썩 썰어 넣고 끓여먹어 맛있으니께.

― 할머니 알았어요. 잘 먹을게요.

할머니의 손에 만 원을 쥐어드리니 펄쩍 뛴다.

― 아녀. 아녀 돈 안 받아.

할머니와 대화가 오고 가는 사이 한 팀의 손님이 우르르 빠져나간다.

― 할머니 제가 오늘은 바빠서요. 장날 아닐 때 오세요.
― 내가 방해 안 되게 할게, 여기 가만히 앉아있으면 되지? 이 된장은 우리 동네 사람들이 다 맛있다고 혀.

대답이 없자 나를 바라본다.

— 아이고 옷도 많기도 하네. 이 옷 누가 다 입누.

할머니의 말은 멈추지 않았다. 거기다 가게에 들어오는 사람들은 "이게 무슨 냄새지?"하며 코를 막다 나간다. 급하게 옷을 챙겨 할머니께 드렸다.

— 잘 먹을게요. 감사해요. 지금 손님 많아서 그러니 다음에 놀러 오세요.

— 저번에도 주더니 또 주네. 이렇게 받아도 되나?

그러고 보니 지난번보다 할머니의 차림새가 깨끗해진 것 같았다. 그렇게 할머니가 떠나가고 어두워지며 파장을 하게 되었다. 할머니의 된장 반을 나누어 알바 언니를 주었다. 다음 날 알바 언니에게서 전화가 왔다

— 그 된장 끓여 먹어봤어?
— 아니, 왜? 맛있어?

— 못 먹어, 끓였는데 이상한 냄새가 얼마나 나던지… 집에 냄새가 꽉 차서 베란다 문을 다 열어놓고 환기 시키는데도 희한하게 냄새가 안 빠지네. 괜히 애쓰지 말고 버려. 아니, 한 번

끓여보던지….

― 무슨 냄새가 나는데…

― 몰라. 생전 처음 맡는 냄새야. 구린 것 같기도 썩은 내 같기
도 하고… 말로 표현 못 해. 버리기에는 뭔가 죄짓는 것 같고
조만간 한 번 끓여 봐야겠다 하며 냉장고에 넣어놓았지만 끓
일라치면 갑자기 무서워지고 버릴라니 또 죄짓는 것 같고….

그렇게 몇 개월이 흘렀는데 어느 날 냉장고를 열어본 제이는
이렇게 검정 비닐봉지에 넣어놓은 것은 안 먹으려면 버려….
썩여서 버리는 게 취미니? 하며 쓰레기통에 버렸다. 1년이 지
나고 소정리 할머니가 분홍색 보따리를 가슴에 안고 들고 왔
다.

― 그 된장 다 먹었지? 1년이 지났으니 다 먹엇것지. 우리 집
된장은 동네에서도 알아줘. 내가 얼마나 고마운지 잊혀지지
가 않어.
그때처럼 바닥에 풀썩 주저앉아 보자기를 풀었다.

― 할머니, 저는 집에 된장 많아요. 다른 사람 주세요. 식구가
없어서 그때 주신 거 아직 남았어요.

― 왜? 맛이 없어?

— 아니에요. 맛있어요. 그런데 저희 집에 된장 많아요.

— 그래도 이거 먹어. 이거 내가 직접 담은 거라 좋은 거 다 집어넣었어. 많이 주지도 않았는데 뭐. 그거 다 먹고 먹어.

놓고 간 된장을 다시 냉장고에 넣어놓았다. 며칠 후 1년 전과 똑같은 일이 생겼다. 제이는 냉장고 문을 열더니 소리를 버럭 질렀다.

"내가 맨날 얘기하지. 이렇게 검정 비닐 넣어놓지 말라고… 버릴 거면 그냥 버리지 썩어서 버리면 뭐가 더 낫니? 참 이해를 못 하겠네."

그때보다 더 세게 쓰레기통으로 던졌는데 그만 된장을 담은 봉지가 터지고 말았다. 순간 표현할 수 없는 역한 냄새가 작은 거실을 꽉 채웠다. 그 냄새는 무엇인가. 화를 나게 하는 냄새인가? 쌓인 분노를 터트리는 냄새인가, 아니면 자식에게 버림받은 늙은 여자의 냄새인가….

— 얼마를 묵혀두었기에 이렇게 썩은 내가 진동을 하니?

화를 내는 제이의 성난 눈동자를 보니 그만 웃음이 터졌다.

— 웃어?

— 그러게. 웃기네.

— 웃겨?
— 응.

— 이 냄새보다 우리가 더 깨끗할까?
— 뭐라고?

제이는 얼마 전 새로 맞추어 단 현관문을 그전처럼 세차게 닫고 사라졌다. 케케묵은 썩은 냄새는 며칠 동안 집에서 사라지지 않았다.

"버릴 거면 진즉에 버려야지. 썩혀서 버리면 뭐가 더 낫니?"
이 말은 맞는 말이다. 버릴 것을 버리지 못하고 들고 있는 게 나다. 버려야 할 것이 내게 되돌아온 냄새다. 이 냄새는 내 맘에서 썩어 나오는 냄새다.

나는 옥천이 참 좋다

해마다 겨울이면 얼마나 추웠던가. 5일장으로 일을 하러 나갈 때면 양말을 세 켤레씩 신어도 발이 시려웠고 몇 겹의 옷을 껴입고 무장을 하고 나가도 매서운 바람이 휘몰아치면 눈물이 찔끔 새어 나왔던 겨울이 이제는 춥지가 않다. 춥지 않을뿐더러 눈도 오지 않는다. 눈이 오지 않으니 농사짓는 사람들은 겨울가뭄을 걱정한다.

낮에 가게에 손님이 와서 옷을 고르다 겨울가뭄을 걱정했는데 이미 와 있던 손님도 그런 마음이었는지 이제 시작될 농사일로 한참 이야기를 나누다 시계를 보더니 아이고, 버스 올

시간 되었네. 이번 버스 놓치면 한 시간 반을 기다려야 하는데 하며 고르고 있던 옷을 놓고 뛰어나갔다.

나는 가게 바로 문 앞에 책상을 두고 앉아 들어오는 손님을 맞이하고 한가할 때는 지나가는 사람들을 바라보는데 그 모습이 재밌다. 마주 보며 걷던 사람들이 서로 마주치자 호들갑스럽게 안부를 묻고 헤어짐을 아쉬워하며 돌아서는데 "오늘 밤에도 어제 운동하던 곳으로 올 거지? 거기서 또 봐."하는데는 그 말을 안 들었다면 몇 년 만에 만나는 게 틀림없다 생각할 정도로 유난스럽게 반가워했기 때문이다.

유리창 밖의 유쾌한 그녀들을 바라본다. 어떤 이는 콧노래를 부르며 지나가고 또 어떤 이는 핸드폰을 귀에 대고 소리소리 지르며 걷기도 한다. 지팡이를 짚고 느린 걸음으로 걸어가는 할머니를 뒤따르던 학생이 기다리지 못하고 앞질러가다 부딪히기도 한다. 금세 넘어질 듯 흔들리는 할머니를 되돌아와 부축하며 죄송하다 말하는 학생이 어여쁘다. (학생에게 인내력이 필요할 만큼 할머니는 달팽이처럼 느릿느릿 걷고 있었다.)

유모차에 개를 태우고 힘들게 밀고 가는 할머니를 바라보는 것도 유머스럽다. (왜냐하면 할머니가 부축받아야 할 상황인 것 같은데 강아지를 태우고 가다니…힝!) 오가는 사람들의 이야기에 귀 기울이고 밖의 풍경을 바라보면 하루 해가 저문

다.

어둠이 내리고 사람들의 발걸음이 끊기면 가게 문을 닫는다. 오래된 세탁소 골목을 지나 왼쪽으로 돌아서면 대낮처럼 환한 거리가 나온다. 파리바게트, 김밥천국, 베스킨라빈스, 롯데리아, 익숙한 간판 안에는 젊은이들의 활기찬 대화나 웃음소리가 그들의 프레임 속에서 생기가 되어 돌아온다. 다시 조용해진 거리를 지나면 키 큰 가로등이 희미한 불빛을 비추며 가는 길을 밝혀준다. 그 길을 따라 언덕 너머에 있는 예전 도서관을 지나 체육관 앞에 다다르면 내가 사는 아파트가 보인다

힘든 시기에 옥천으로 이사 왔다. 도시에서 전학 온 아이들은 걱정과는 달리 잘 적응했고 학교를 졸업해 이제는 사회에서 제 몫을 다하는 성인이 되었다. 아이들이 성장해 온 집, 이제는 혼자 남게 되었다. 혼자 산다는 것은 어쨌든 쓸쓸한 일이다. 내게 겨울가뭄이 온 건 아닐 텐데 갈증이 났다.

스웨터를 걸치고 집 앞 마트로 갔다. 맥주 한 캔을 사들고 집으로 돌아오려는데 신호등 건너편으로 불을 밝힌 작은 영화관이 그림처럼 놓여 있었다. 양말도 신지 않고 슬리퍼를 신은 건 그다지 흉이 될 것 같지 않았기에 마음이 바뀌어 영화관으로 향했다. 요즘 화제가 되고 있는 영화다. 관람료도 도시보다 훨씬 저렴하다. 영화를 보고 달빛을 밟고 집으로 돌아왔

다. 영화관이 바로 집 앞에 있다니 이런 행운이 있을 수 있을까. 상상조차 안 해 봤던 일이다. 도시에 있는 친구들과 만났을 때 대화의 주제는 주로 영화 이야기였다. 얼마 전에도 영화를 이야기할 때 언제나 한 발짝 늦었던 내가 영화 감상평을 했다.

— 언제 봤어? 시골서 볼 수 없었을 텐데….
— 우리 집 앞에 영화관이 생겼지 뭐야.

그 말에 모두 탄성을 질렀다.

— 대도시의 타워팰리스도 안 부럽네.

내 말은 괜한 소리가 아니라 진심이었다. 그러고 보니 읍 사무소도 군청도 보건소도 목욕탕도 경찰서도 병원도 마트도 기차역도 모두 걸어서 집과 20분이면 갈 수 있는 거리다. 조금만 더 걸음을 옮기자면 모든 게 빠르고 쉽게 변해가는 요즈음, 좀처럼 변하지 않고 옛것을 소중히 간직하고 있는 구읍이 있다.

그곳에는 대한민국이 사랑하는 시인인 정지용 생가가 있기도 하다. 여기까지 쓰고 보니 편리하고 멋진 곳에 사는 것은 틀림없는 것 같다. 가끔 하게 되는 서울 외출도 집에서 기차역이 가까이에 있어 편하다. 타지에 갔다 돌아오면 역사 앞에 있는 아주 오래된 커다란 느티나무 두 그루가 잘 다녀왔느냐 기다리며 반겨주는 것 같았다.

어느 날 그 느티나무가 감쪽같이 사라져 버렸다. 나무그늘에 가려져 보이지 않던 기차 역사 너머의 푸른 하늘이 시원하게 펼쳐지긴 했지만 오래된 느티나무만큼은 어림도 없는 풍경 이었다. 파란 페인트를 칠한 나무 그루터기가 기계로 잘려 남 아있는 것을 보니 없앤 것이 틀림없다.

바로 옆에 파출소가 있으니 문을 열고 들어가 행방을 물어보 거나 느티나무의 살인자가 누구냐고 당장 검거해달라고 소 리치고 싶었다. 느티나무가 주던 기다림은 사라지고 기차는 천천히 달리고 있다. 느티나무가 없어도 내가 앞으로 내릴 곳 은 옥천이다. 또 다른 기다림이 목을 길게 빼고 나를 기다리 고 있을 옥천, 나는 옥천이 참 좋다.

반짝반짝 내 친구 희경이

그녀는 내가 전을 펴는 곳 맞은편 마트에서 일을 한다. 어느 날 그녀는 내가 일하는 곳으로 찾아와 화장품을 사려는지 이 것저것 만지작거렸다.

– 뭐 필요한 거 있어요? 우리 친구 할래요?

그 말을 해놓고 그녀는 그만 얼굴이 붉어졌다. 나는 화장품 파는 것보다 그녀가 친구하자는 말이 더 좋아, "그래요." 내 가 활짝 웃자 올 때와는 달리 주춤주춤하더니 만지작거리던 화장품을 내려놓고는 다시 황급히 마트로 돌아갔다.

부끄러운 것일까, 반짝반짝 빛나는 이마와는 달리 인상이 요란스럽지 않고 영 순해 보이는 게 그녀도 나만큼 숫기가 없을 것 같았는데 그녀가 다가와 주니 여간 고마운 게 아니었다. 매일 5일장을 떠돌아다니느라 집에 없으니 내가 살고 있는 이곳 읍내에는 친구가 없었다.

그 후로 장터를 접고 가게를 하게 되니 그녀를 자주 볼 수 있게 되었다. 그녀는 새벽에 보험사무실에서 청소 일을 하고 오전 아홉시가 되면 마트에 출근한다. 오후 일곱시에 퇴근하여 집에 돌아가 전자부품을 맞추는 부업을 한다고 했다. 그런데 힘든 내색 없이 늘 웃는데 언제나 이마가 반짝반짝거리는 게 신기해 만져보기도 했다. 보기만 해도 그녀에게서 무한 긍정 에너지를 받는 것 같았다.

한 번은 그녀 집에 초대를 받아 갔는데 윤기가 좔좔 흐르는 밥을 해놓았다. 감자를 넣고 끓인 된장국이 얼마나 맛있던지 국만 세 그릇을 먹었다. 어디 국만 먹었을까, 보람찬 하루를 보냈으니 술이 빠질 수 없다 하며 그녀와 한 잔 마시고 나니 몸이 노곤해지고 졸음이 쏟아졌다. 보일러 온도를 높이고 베개를 내주는 그녀의 손길을 느끼며 눈을 감았는데 책 읽어주는 여자인 듯 그녀의 목소리가 들려왔다.

— 아마 스물두 살 때였을 거야. 집이 없어 금강변에 텐트를 치고 살았는데 끼니가 없어 며칠을 굶다 보니 정신을 잃고 쓰

러졌지 뭐야. 동네 사람들에게 발견되어 병원에 실려갔는데 누워 생각하니 이렇게 살다가는 죽겠구나 싶어 주사기를 빼고 강변으로 돌아갔어. 옥수수밭에 가서 옥수수를 따고 있는데 등 뒤에서,

"저 호랭이가 깨물어갈 년 보소, 옥수수는 뭐하려고 저렇게 많이 따노."

하고 시어머니가 부지깽이 휘두르며 소리소리 지르는데,
"엄니, 나도 이제 살아야겠어요. 이대로 굶어죽을 수는 없어요."

"누가 살지 말라고 했냐, 이 깨물어갈 년아!"

아이의 울음소리에 묻힌 시엄니의 목소리는 사라지고 옥수수를 한솥 쪄 뜨거운 김이 올라오는 양재기를 머리에 이고 두 살 된 딸을 등에 업고 유원지에 놀러 온 손님들 상대로 옥수수를 팔러 다녔어.

수건으로 똬리를 틀어 머리 위에 올리고 양재기를 올렸지만 머리는 너무 뜨거웠고 햇볕은 무섭게 쏟아져 얼굴이 땀으로 범벅이 되어 눈을 뜨지도 못하고 강을 건너다 넘어지기 일쑤였어. 아마 그때부터 뜨거움을 견디지 못해 머리카락이 빠지는 것 같아, 그래서 내가 머리숱이 없어 친구야.

─ 그랬구나. 그런데도 그렇게 이마가 빛나고 예쁘구나…

깊어지려 했던 잠이 사라져버렸다.

─ 내가 엄마의 뱃속에서 나왔을 때 아버지는 세상을 떠났네.

한 발짝 두 발짝 걸음마를 시작하며 엄마의 젖을 애타게 찾을 때 그녀의 어머니는 숨도 쉬어지지 않는 절박하고 위태로운 자식의 생계를 책임지기 위해 무거운 벽돌을 등에 짊어진 채 공사장을 오르던 계단에서 떨어져 영영 돌아오지 못하는 아버지 곁으로 갔다고 했다. 잠결인지 꿈결인지 들려오는 이야기가 어찌나 슬픈지 베게닢이 흘러내린 눈물로 다 젖어들었다.

내가 반쯤 일어나,

"어쩌면 좋아…."
하니,

"인생 뭐 별거 있어?"

하며 특유의 청량한 웃음을 쏟아내는 그녀의 눈에 눈물이 가득 고여있다.

― 남편이 많이 아파, 그래서 마트에서 일하는 월급으로는 약 값이 부족하네, 그래도 지금은 몸 누일 곳 있는 작은 집이라도 있으니 얼마나 좋아, 집이 없어 강변에 텐트 치고도 살았었는데 많이 발전했지.

그녀는 자신의 신세를 한탄하지 않는다. 자신의 슬픔을 등 뒤에 두고 남의 아픔을 기꺼이 품에 안는다. 틈을 내어 봉사 단체에 들어가 몸을 아끼지 않고 일을 한다. 그녀처럼 열심히 일하고 그녀처럼 강한 사람을 보지 못했다.

어느 날 부고가 날아왔다. 장례식장을 찾아갔을 때 그녀는 정신을 잃고 빈소 한편에 누워 있었다. 한없이 사람 좋아 뵈는 그녀의 남편이 사진 속에서 웃고 있었다.

"나 때문에 고생 많았어. 이제 좀 쉬면서 살아."
하며 다정히 그녀를 바라보는 것 같았다.

― 좀 더 사랑해 주지 못한 것이 얼마나 후회되는지 몰라, 친구도 미워하지 말고 잘해 줘.

눈물 속에서도 놀라우리만큼 그녀의 이마는 반짝반짝 빛났다.

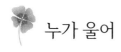 누가 울어

아버지 따라 울퉁불퉁 신작로 길을 달리는 버스를 타고 큰집에 가는 길은 언제나 고역이었다. 차멀미를 못 견뎌 차창 문에 고개를 떨구고 토하고 또 토하고, 산고개가 나올 즈음 이제 몸속에서 나올 것이 없으면 도착한 곳이 큰집이었다. 외딴집이라 버스가 서면 큰집에 오는 손님인 줄 알고 큰아버지가 소달구지를 끌고 신작로로 마중 나오기도 했지만 바쁜 농사철이면 산으로 들로 나갔는지 빈집일 때도 있었다.

흙먼지를 달고 가는 시내버스에서 내려 제정신이 아닌 상태로 아버지 뒤를 따라가다 만나는 사촌 오빠들은 대개가 소꼴을 베고 있거나 산에서 나무를 하여 제 키보다 높은 등짐을 지고 나타날 때가 많았다. 숫기가 없던 나는 마루 끝에 앉아 말도 하지 않고 큰엄마가 떠준 냉수로 속을 가라앉히고는 했다.

산에서 내려온 사촌 오빠들은 우물가에서 윗옷을 벗고 등물을 끼얹으며 시원하다고 어른 같은 소리를 했다. 새신랑이었던 큰 사촌 오빠와 나보다 2학년 상급생이었던 고삐리 둘째 사촌 오빠는 노래를 곧잘 불렀는데 그 노래라는 게 주로 나훈아 남상진 남진 노래였다.

나는 그때 되지 못하게 DJ가 있는 음악감상실에 가서 뜻도 모르는 팝송을 즐겨 듣던 때였으므로 트로트를 부르는 사촌 오빠들이 싫었다. 사촌 오빠들이 말을 붙여와도 대답도 잘 안하고 아버지한테 얼른 집에 가자고 했고 큰엄마 옆만 졸졸 쫓아다녔다. 지금 생각하니 바보 같은 짓이었다.

청주에 있는 우리 집에 오면 사촌 오빠는 교모를 삐딱하게 눌러 쓰고 나팔바지를 입고 땅에 질질 끌고 다녔고 양쪽 주머니에 손을 꽂고 최무룡의 외나무다리를 부르고는 했다. 그럴 때마다 오빠와 둘째 언니는 손뼉을 쳤다.

"가수해라."
"너, 너무 잘한다."

하며 웃었다.

기타를 치며 '바빌론 강가에서'나 '에버그린'을 부르는 뒷집 오빠가 천배 만 배는 더 멋있어 보였고 근사해 보였던 철모르던 시절이었다. 결혼을 하고 어려운 날을 지나오던 어느 날 둘째 사촌 오빠 이야기를 듣게 되었다.

큰어머니가 돌아가시고(부도가 나서 큰아버님 댁에도 못 가고 떠돌아다니던 시절이었다.) 사촌 오빠가 집을 나갔다고 했다.

— 왜? 언니는?
— 너 몰랐구나. 큰엄마가 둘째 입양했잖아.

— 그래?
— 걔가 그래서 맨날 노래만 부르고 다녔잖어. 맘이 허해서 그랬을 거야. 노래를 얼마나 불렀으면 큰엄마가 너 목 닳아 말 못 하면 어떡하려고 그렇게 노래를 부르냐 했단다. 이번에 이혼했다는구나. 혼자 원룸 얻어 나왔다는데 한 번 찾아가 봐야 될 텐데….

옆에 있던 큰 오빠가 말했다.

— 언젠가 찾아가 밥을 같이 먹는데 밥이 안 넘어가 혼났네.

잘 살아야 할 텐데… 맘이 아프다.

…….

얼마 전 우연찮게 tv에서 미스터 트롯을 보게 되었다. 그걸 보기 위해 일주일을 기다렸다. 일주일을 기다렸을 뿐 아니라 새벽 한 시 반까지 목을 빼고 봤다. 마치 그걸 보기 위해 사는 것처럼 느껴지기도 했다. 거기다 그만 13살 정동원 팬이 되어 팬카페에 가입하려고 문 앞에서 고민하다 여기까지만 하고 컴퓨터를 꺼버렸다.

가게 오가는 길에 블루투스 이어폰을 끼고 오래전 사촌 오빠가 부르던 '누가 울어'를 듣기도 하고 외나무다리를 따라 부르기도 한다. 그러면 삐딱 다리를 하고 건들거리던 모습과는 다르게 눈빛이 항상 젖어있던 사촌 오빠의 모습이 떠오르기도 하고 유독 오빠한테 다정히 대하시던 아버지의 모습이 그리워졌다

언제부터인가 옛 가요가 좋아졌다. 나이가 들어가는지 주변의 사람들이 돌아봐진다. 생각해 보면 이 나이 되도록 잘한 짓은 하나도 없는 것 같다.

그리운 시간

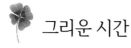 그리운 시간

명절 대목을 앞둔 옥천장은 장꾼들의 기대와는 달리 한산했다. 하루 팔고 갈 물건을 앞에 놓은 장꾼들은 몸살이 나도록 소리쳐 손님을 불러 보지만 지나가는 사람들의 발걸음은 쉽게 멈추지 않았다.

어떤 장꾼은 장사가 안 돼서 포기를 했는지 아니면 새벽녘에 나온 고단함을 지우려 아침술을 마셨는지 신문지를 얼굴에 덮고 자고 있는 이도 더러 보였다. 하지만 햇살이 따사로워 한껏 나른한 졸음을 쏟아낸다 해도 누구 하나 게으르다 흉볼 것 없는 넉넉한 가을 날이다.

나도 가끔은 행복할 때가 있다

고향을 찾아올 자식을 위해 좋은 음식을 먹이려고 빠른 걸음으로 장꾼들 사이를 돌며 이것저것 먹거리를 찾아내며 가득 찬 장바구니를 들고 가는 이의 얼굴엔 기쁨의 빛이 서렸다.

한낮의 부지런함이 걷어질 무렵, 새까만 선글라스를 쓰고 마이크를 목에 건 아저씨가 장터의 빈자리를 찾아 전을 편다. 오가는 사람을 불러 세우는 구수한 입담을 가진 아저씨다. 명절 전후면 어김없이 나타나 장터의 분위기를 한껏 돋게 하는 아저씨다.

그분이 손님을 불러 모으는 소리 역시 십 년 전과 똑같다. 틀린 게 있다면 조금씩 늙어가 다리에 힘이 없는지 가끔씩 비틀거리기도 했다. 적당한 음담패설을 섞어 귀가 솔깃하게 만들어 오가는 사람들을 불러 세운다. 어느 순간 그들 틈에 장사는 뒷전인 채 나도 섞이게 되었다.

"복사꽃, 능금꽃이 피는 내 고향…"

노래도 구성지게 잘하는 아저씨의 모습을 바라보던 나는 속으로 더 크게 따라 부르고 있었다. 최무룡이 울고 갈 노랫소리에 열무단을 이고 가던 아주머니도, 지팡이에 매달려 걷던 할머니도 구경꾼 사이 좁은 틈을 비집고 들어와 아저씨를 마주 보고는 땅바닥에 철퍼덕 주저앉는다.

양은 냄비 몇 개를 앞에 놓고 아저씨는 철 수세미로 냄비에 광을 내는 것도 예전과 똑같다. 몇 번의 손놀림으로 냄비는 일순간 창공을 가르는 비행기 날개처럼 반짝반짝거린다. 바로 코앞에 앉아 입을 다물지 못하고 바라보던 할머니는 깨끗해진 냄비를 들고 얼굴을 비춰본다.

— 참 용하네. 금세 새것이 되어버린 게….

할머니는 주머니를 열어 천 원짜리 하나를 꺼내 철 수세미를 산다. 구경하던 사람들이 너도 나도 하나씩 달라고 손을 내미니 양동이는 금세 천 원짜리로 가득 찼다. 신이 난 아저씨의 목소리는 침이 튀어나가는지 모르게 힘이 들어가 고요했던 장터는 흥겨워졌다. 잡음을 섞어내던 확성기 소리는 더욱 커지고 있었다.

그 아저씨 앞에 서면 늘 어머니가 그리워졌다. 엄마 손을 잡고 육거리 시장을 따라가면 엄마는 광약장사 앞에 멈춰 섰다. 그리고는 아저씨의 웃음 부르는 말소리를 듣고는 엄마는 작게 웃었는데 웃음이 별로 없던 어머니의 그 모습이 좋아 그럴 때마다 엄마 손을 더 꼭 잡았다.

매케한 연기를 내며 불길을 올리던 곤로불에 그슬려 새카맣게 된 냄비를 닦는 광약을 본 것도 오십 년 전이다. 그때는 냄비에 광을 내는 것이 마술사 같았고 먼 세상 사람같이 신기하기만 했다. 언제나 할 일이 많은 어머니는 어두워지기 전에 집에 가야 한다며 내 손을 잡아끌었다. 내 머릿속은 잘 닦인 냄비처럼 반짝반짝하여 늘 궁금한 일이 많았지만 알지 못하고 넘어가는 것들이 대부분이었다. 그 생각이 떠오르니 불효만 저지른 내 자신이 용서가 되지 않아 우울했다.

지나가던 사람들이,
"옷 사장, 어디 아픈가? 얼굴색이 안좋으네."

내 녹슨 마음도 닦아낼 수 있다면 매일매일 닦아 빛을 내고 싶은 마음이다. 점점 사람들이 발길이 사라지는 장터에서 철수세미와 광약으로 빛을 내며 사람들을 불러 모으던 수세미 아저씨는 선글라스를 벗고 땀을 닦았다.

광약장사 아저씨는 언제나처럼 등을 돌려 깐드레불로 몇 개의 양은 냄비에 그을음을 내고 있었다. 그것은 손가락으로 문지른다 해도 금세 새것처럼 벗겨지는 그을음이었다. 나와 눈이 마주친 아저씨는 못마땅한 듯 헛기침을 하고는 선글라스를 다시 썼다. 그리고는 아랑곳없이 다시 소리쳐 사람을 불러 모으기 시작했다. 그곳에 계속 서 있으면 안 될 것 같아 내 자리로 돌아온 나는 생각하지 않으려 해도 떠오르는 유년의 기억을 더듬었다.

집으로 돌아와 약을 놓고 시장에서 본 그대로 아저씨처럼 침

을 묻혀가며 닦아도 닦아도 그을음의 두께는 지지 않고 탁해
지는 냄비를 들고,

"왜 아저씨가 닦은 그릇처럼 반짝반짝 해지지 않지?"

하니, 곁에 있던 아버지는 다 속임수라고 했다. 그런 속임수
를 알고 실망하였지만 나는 살다 보니 그들처럼 장꾼이 되었
다. 장꾼이 되어버린 게 숙명이라고 말하기엔 호들갑스럽고
요란하다 하겠지만 한 번도 후회하거나 절망하지 않았고 묵
묵히 어느 자리에서든 살아가는 일에 최선을 다하다 보니 살
아남기 위해 행해지는 보이지 않는 거짓을 눈 감아버리기도
한다.

이 나이가 되니 그리운 것이 많아졌다. 명절날 갈 곳이 없어
쓸쓸히 걸어가는 사람의 뒷모습을 바라보면 외롭지 않게 길
벗이 되고 싶기도 하고 외딴 산길을 홀로 걸어가 풀이 무성한
산소에 앉아있는 사람을 보며 당신도 나처럼 가슴 아프냐며
술 한 잔 따라주고 싶다.

부모님이 돌아가신 지금은 보름달을 바라보면 모든 것이 후
회로 밀려오고 용서받기를 갈망한다. 그 달빛 아래에서 다시
는 돌아오지 못할 곳에 묻힌 부모님을 향해 제발 나를 용서하
지 말라고….

사랑한다고 사랑한다고….
통곡하고 싶다.

홍시

지난 일요일 정원이와 전시회를 보기 위해 서울로 가는 열차를 탔다. 한 시간이면 갈 수 있는 고속 열차를 타자는 것을 무궁화호로 하자고 한 것은 근간 오래도록 만나지 못한 날을 이야기하고 싶어서였다.

젊은 한 시절 같은 음악을 듣고 같은 그림과 책을 보면서 사소한 일에도 감정을 함께 나누고 잘못된 일에 분노하며, 밤이 깊어가는 줄도 모르고 팔이 저려오도록 수화기를 붙들고 이야기를 나눴던 친구다. 정원이는 큰 집안의 맏며느리라 집 안팎으로 할 일이 많단다. 넓은 집 마당에 가지가 찢어지도록

달린 감이 미처 손을 주지 못해, 홍시가 되어가고 있다고 말
한다.

<홍시>

무르익다 터져버린 그 속마음 같은 그래서 다 없어져 버리고
녹아내리는 그 무언의 바람, 햇빛, 비, 서리로 버무렸지만 너
무도 고요한 속살은 툭! 하면 터져버릴 듯한 원통한 마음이
다.

어느 날, 고향을 떠나고 몇 년 만에 사람 꼴도 못하고 찾아간
내 앞에 엄마는 홍시를 내놓았다. 당신 입에 들어가는 것은
무엇이라도 아까워하던 엄마가 홍시가 맛있어서 사 왔다고
어제 두 개는 먹고 세 개 남았다며 어서 먹어보라고 하셨다.
내가 먹지를 못하자 엄마는 그 자리에서 두 개를 드시고는 속
이 시원하고 달고 맛있다고 하셨다.

엄마가 그렇게 맛있게 먹는 것을 처음 보았다. 엄마에게도 맛
있는 게 있었구나. 나는 왜 그걸 몰랐을까. 후회하기에는 모
든 게 너무 잘못되어 버렸다. 지금도 홍시만 보면 엄마 생각
이 난다. 엄마의 나이가 되어버린 나는 그 좋아하던 여러 가
지 과일이 입에 당기지 않고 엄마처럼 홍시만 맛있다.

살아생전 엄마 옷 한 벌 못해 드리고, 맛있는 거 한 번 못 사

드리고, 결혼해 잘 못 사는 거만 보여드리고 아픔만 드리다가 어머니를 그렇게 보내드렸다. 홍시를 먹다 목에 콱 걸려 고통스러움에 울부짖는다면 벌이라도 받는다치지만 홍시는 아무렇게나 먹어도 목에 걸리지 않는다.

가을이면 어머니가 더욱 그립다. 꿈에서라도 나와 야단이라도 치면 좋으련만 찾아오지 않는다. 어제 전화해서 정원이에게 감나무에 매달린 마지막 감을 모두 가지고 오고 싶다고 하니 그러라고 했다. 오늘 새벽 동이 트길 기다려 어둠이 서서히 걷히기 시작하는 아침 시간에 집을 나서 고속도로에 차를 올려 대전으로 향했다. 정원이 부부는 기다란 장대를 가지고 감을 따고 있었다. 정원이네 거실은 이미 따놓은 감으로 가득했다.

금방 터질 듯 잘 익은 감을 보니 서러웠다. 얼마나 서러웠는지 정원이가 주방으로 간 사이에 엄마 생각으로 가슴이 무너지는 것 같았다. 손이 빠르고 음식 잘하는 정원이가 아침상을 차려놓았는데 온통 엄마 생각으로 슬픔이 넘쳐 침 삼키는 것조차 아팠다.

세 상자나 되는 감을 차에 싣고 가게에 도착했다. 노모를 모시고 옷을 사러 오는 손님들을 보면 노모의 며느님이든 따님이든 손을 꼭 잡아드리고 홍시감을 선물했다. 이렇게 어머니에게 잘 하시니 제가 다 감사합니다. 저는 어머니 가슴에 대

못 박은 불효자식이었거든요.

토요일, 거리는 한산하다. 홍시를 한 입 삼키니 단 것이 내 몸 안에 흘러내린다. 어머니의 살점을 베어먹은 듯 목이 메인다.

엉엉… 울고 싶다.

엄마, 파이팅!

바느질 좋아했던 큰언니가 돈을 주며 만화가게 가서 엄희자 만화를 빌려오라고 했다. 그 심부름이 얼마나 좋은지 세상을 다 가진 듯 걸음이 빨라져 날아갈 듯하다. 만화가게 문을 열면 긴 의자에 오밀조밀 앉아 고개를 숙이고 손가락에 침 묻혀가며 만화책 넘기는 소리만 들린다.

나도 이 만화 저 만화를 고르며 길쭉한 송판을 올려놓은 의자에 앉아 코를 박고 만화책을 넘긴다. 지금도 기억나는 건 너무나도 재미있게 읽었던 엄희자의 '사랑의 집'이었다. 만화책을 품에 안고 집에 가면 큰언니는 책을 넘겨 소녀에게 입혀진 원피스를 보고 꽃수를 도안으로 옷을 만들고는 했다. 조금 커서는 만화가가 되고 싶었지만 그것은 입 밖으로 낼 수 없는 그냥 꿈이었다.

세월이 흘러 나이가 들고 움직임이 무뎌지고 기억력이 사라지는 일이 생기면서, 잦은 병치레로 힘든 나날이 많아지면서도 언제부터인가 나는 그 꿈을 이루고 싶은 생각이 간절해지고 있었다. 지금은 다 커서 대처에 나가있는 아들, 딸에게 말했더니 적극 찬성하며 응원한다고 했다. 그 말에 힘입어 전에 알아보던 웹툰 아카데미에 등록했다.

수업 첫날, 강의실에 들어갔더니 등록할 때 직원이 했던 말과는 상황이 판이하게 달랐다. 접수 전에 내가 나이가 많은 것을 걱정하자 60살까지만 자격이 있는데 조금만 늦게 와도 접수를 못할 뻔 했다며 아주 잘 왔다고, 웹툰을 배우는 사람 중에는 사오십대도 있다고 해서 걱정하지 않고 등록했었다. 그런데 저녁반인 우리 반엔 남자 고등학생 다섯 명 여고생 한 명, 이십 대 후반으로 보이는 여자 직장인 두 명, 그리고 오십 대 후반인 나, 이렇게 아홉 명이었다.

웹툰을 가르치는 여자 강사님 또한 삼십대로 보였다. 속으로 겁이 더럭 났지만 정신 똑바로 차리자. '나는 할 수 있다'를 되뇌며 한마디도 놓치지 않으려 애를 썼지만 어린 학생을 위주로 하니까 따라가기엔 무리였다.

설명한 것을 겨우 찾으면 다음 창으로 넘어가 또 다른 설명을 하고 있으니 도대체가 정신을 차릴 수 없었다. 중요한 것을 메모해가며 끙끙거리니 세 시간이 금세 지나갔다.

수업을 파하고 나는 강사님께, 내가 나이가 많아 자꾸 기억이 지워지고 압축키 다루는 방법을 잘 몰라 그러는데 궁금한 거 있으면 물어보게 전화번호 좀 알려주시면 안 되냐니까, 시도 때도 없이 전화하게 생겼는지 전화번호는 못 알려준다고 하며 곁을 주지 않았다. 무안했지만 많이 물어봐서 미안하다고 하고 돌아왔다.

어떡하면 어린 학생들과 함께 이루어지는 그 강의를 알아들을 수 있을까 고민하며 이것저것 검색하다 보니, 유튜브에 웹툰에 대한 무료 강의가 많이 있었다. 손님 없는 시간에 계속해서 강의를 들으니 조금씩 이해되기 시작했다.

학원 가는 날에는 소읍에서 도시로 나가는 버스를 타고 다시 지하철을 탄다. 또 버스 한 번을 더 갈아타고 학원에 도착한다. 젊은 사람들이 넘쳐나는 거리를 함께 걷다 보니 뭔가 뜨거운 기운이 전해지는 것 같아 힘이 들긴 하지만 재미있다. 딸이 매일같이 오늘은 어땠느냐고 전화해 물어본다.

— 집에서는 이곳저곳 하루에도 몇 번씩 로그인하는 비밀번호가 학원에 가니 메일의 비밀번호도 생각나지 않고 죽겠어,

괜히 했나 봐. 어제는 있잖아, 사람 신체 관절을 그리는데 그릴 때는 몰랐는데 밤 열시가 돼서 학원을 나오니 내 관절이 다 틀어지잖니.

— 하이고, 엄마 어떡해, 고생하네. 그래도 엄마, 모른다고 옆에 있는 학생한테 자꾸 물어보지 마, 그럼 짜증 내. 돈 내고 배우는데 엄마한테 설명해 주다 보면 그 학생은 강사님 설명 놓칠 거 아냐, 얼마나 속상하겠어, 그러니까 되도록이면 강사님한테 물어봐.

— 강사님한테는 하도 물어봐서 눈치 보여 못 물어보겠어. 그리고 나하고는 눈 안 마주치려고 피하는 것 같아.

— 그럼 어떡해야 하지?

딸의 걱정이 크다.

— 내가 알아서 할 테니 괜찮아.

말은 그렇게 했지만 걱정은 걱정이다. 그래도 얼굴을 익힌 직장인인 두 명의 아가씨는 얼마나 상냥한지 내가 몰라 난감해하고 있으면 얼른 와서 알려줘 여간 고마운 게 아니다.

— 엄마, 그래도 힘내. , 예전에 우리 가난할 때 새해 첫날이면

엄마는 끊임없이 뭔가 계획을 세우고 수첩에 적어나가고는 했잖아, 그때 엄마, 참 멋있었어. 포기하지 않는 우리 엄마. 대단해.

— 내가 그랬나?
— 응.

요 며칠, 날이 추우니 손님이 없어 컴퓨터를 보고 이면지에 수십 장씩 그림을 그려본다. 잘 생긴 아들 얼굴도 그리고 예쁜 딸 얼굴도 그리고 못생긴 내 얼굴도 그린다.

오늘, 딸에게서 택배가 왔다.

'엄마, 파이팅! 포기하지 마세요.' 라고 쓰인 엽서와 그림을 그릴 수 있는 태블릿을 보내왔다. 슬며시 기쁨의 웃음이 나온다.

그래. 끝까지 해볼 테다!

 운수 좋은 날

아침에 가게 문을 여는데 길에서 장사하시는 할머니가 보름 날이라 찰밥을 했다며 도라지 무침하고 찰밥을 싸가지고 오 셨다. 멋쟁이 옆 가게 언니도 또 찰밥과 나물 무침을 가지고 왔다. 할머니와 옆 가게 언니 덕에 하루가 행복하게 시작되었 다. 물건을 진열하는데 단골손님께서 오시더니 지금 문 여나, 하며 가방에서 작은 병을 꺼내든다.

– 이게 뭔데요?

– 지금 방앗간에서 참기름 내려오는 길여, 보름 나물하고 비

벼 먹어 봐, 다른 참기름하고 다를 거, 아주 고소해.

이 차가운 거리에서 내게만 햇살이 온전히 쏟아지는 듯 마음
이 더없이 따뜻하다. 얼마 전 친구가 재활용품을 싸게 파는
곳이 있다고 하며 자주 이용하는데 좋은 게 많다고 보여주길
래 핸드폰에 앱을 깔았다.

그 중고사이트에서 신발도 사서 신고 필요가 없어 내놓는다
는 예쁜 폴란드 그릇도 샀다. 나이가 드니 맛있는 음식을 담
을 그릇을 가지고 싶은 욕심이 생겼다. 요리를 잘하는 것도
아니면서 말이다. 그동안은 나를 위해 산 것은 책이 전부였는
데 이제 귀고리도 사고 싶고 목걸이도 사고 싶고 그러는 걸
보니 이제 조금 숨 쉴 만한가, 한 가지씩 살 때마다 작은 행복
감에 젖어들었다.

그날도 손님 없는 시간 할인마켓을 보고 있는데 이 지역 작은
영화관 티켓이 싸게 나왔다. 그것도 한 장이 아닌 여러 장이
나… 눈이 번쩍 떠어 보니 영화표 20장에 딱 40프로 할인하여
팔만 원에 나와있어 구매 요청을 하고 가게로 가지고 오라고
했다. 말간 젊은 청년 둘이 가게로 들어오더니 인사를 하고는
머쓱하니 서 있다.

‒ 어째 이리 싸게 내놓았을까요?”
하고 물었더니,

– 학교에서 오리엔테이션 하는데 당첨되었어요."
하며 얼굴을 붉힌다.

– 그랬구나. 어쨌든 학생이니 공부해야지 영화 볼 시간이 어디 있어요. 그쵸?

하고 준비해놓은 봉투를 건넸다.

– 감사합니다. 잘 보세요.

하고 나갔는데 이럴 때 이런 말을 써야 할 것 같았다.
앗싸! 득템했다.

오늘은 대보름이라 동네마다 마을회관에 모여 윷을 논다. 그래서인지 사람들의 발길이 일찍 끊겼다. 쓸쓸히 앉아있으니 좀 전의 학생이 놓고 간 영화티켓을 빼들고 동네 영화관으로 향한다. 어디선가 윷놀이의 즐거운 함성이 들린다.

시 읽어주는 남자

웃을까 말까
시 읽어주는 남자
서울 여자
오늘도 무사히

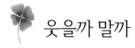 웃을까 말까

가을이 깊어 가는 한적한 날 영화표도 많이 생겼겠다 제이와 영화를 보러 가기로 했다. 동네 작은 영화관은 한 번도 안 가 봤다는 K도 함께 가자고 했다. K가 외국영화는 자막을 읽다 보면 뭐가 뭔지 이해하기가 힘들다고 해서 국산 영화를 선택했다.

6·25 전쟁 시 젊은 학도병들의 희생이 그려진 '장사리'라는 영화였다. 상영 시간 십분 전 도착하니 K가 먼저 와서 우리를 기다리고 있었다. K는 세 사람분의 팝콘과 콜라를 주문해서 들고 있었다. J는 약속시간을 맞추느라 숨을 헉헉거리며 들

어왔다. 티켓을 카운터에 건네자 상냥한 아가씨가, "어머, 이건 팝콘도 무료로 주문할 수 있는 표네요." 했다.

세 개의 봉지와 콜라를 이미 들고 있던 K가 난감한 표정을 짓길래 고민할 거 없어, 이건 집에 가지고 가서 먹고 이 티켓으로 구입하자며 세 개의 팝콘을 봉지 하나에 쏟아부었다. 잠시 후 티켓을 들고 있던 상냥한 아가씨가 "어머나, 어쩌지요? 이 티켓은 내일 날짜부터 해당되는 거네요."한다. 우리는 한꺼번에 담겨진 팝콘을 어이없이 쳐다보다 팝콘을 다시 샀다. 영화의 맛은 팝콘에 있다는 의견이 일치했기 때문에 그 즐거움을 놓칠 수는 없었다. 이렇게 해서 셋은 영화관으로 들어갔다.

영화가 시작되고 J와 K는 깊은 한숨을 쉬며 보았다. 실화라는 사실에 너무도 가슴 아팠기 때문이다. '저런 희생이 있었기에 오늘 우리가 이렇게 편하게 사는 거겠지.' 하는 귓속말을 건네며 숨을 죽이며 보았다. 영화는 중반부로 치닫고 아무런 방패막이도 없이 날아오는 총알 사이로 어린 학생들이 적진을 향해 돌격하는 그때, 진동으로 해놓은 전화벨이 끊임없이 울리고 있었다. 세 번의 부재중 번호였다.

핸드폰 빛이 새나올까 고개를 바닥으로 떨구고 전화를 감싸안고 보니 모르는 전화번호였다. 고개를 숙인 상태로 노안으로 잘 보이지 않는 자판을 더듬거리며 문자 메시지를 보냈다.

— 느규세요.(누구세요.)
— 스타렉스 차주이지요?
— 네.
— 차가 못 나가고 있으니 차 좀 빼주세요.

주차장에 제대로 댔는데 못 나간다니… 이해가 되질 않았다.

— 제대로 되었는데요.
— 제대로 안 되어서 못 나갑니다.

— 지금 영화관인데….
— 지금 병원에 가야 하니 빼주세요.

밤에 병원을 간다니… 어찌해야 하나 고민하다 고개를 깊게 숙이고 문자를 보내니 머리가 흔들렸다. 옆에 앉아있던 K는 "왜 그래?" 하는데 영화 보는 것을 방해하고 싶지 않아, "아무것도 아냐" 했지만 그 후로도 진동으로 해 놓은 전화는 계속 울린다.

— 나, 잠깐 나갔다 와야 할 거 같아, 차 좀 빼주고 올게,

고개를 한껏 숙이고 영화관을 빠져나왔다. 고개 수난 시대다. 몇 년을 그 자리에 주차해놓아도 말썽 없던 차가 하필 이 시간에 이런단 말인가? 주차장에 가보니 탱크처럼 개조해놓은

차가 내 옆에 바짝 붙어있었다. 사연인즉은 그 옆에 있는 차 때문에 못 나가는데 그 차에는 연락처가 없고 내 차에는 연락처가 있어 전화를 했다고 한다.

고맙다 미안하다 인사 한 마디 건네지 않고 차주는 휭하니 차를 몰고 가버렸고 나는 불편한 심정을 가까스로 다스리며 다시 영화관으로 들어갔다. 중요 부분은 지나간 거 같았지만 어찌 되었든 마음은 편했다. 마지막 부분이라도 이제 영화에 집중하자 하며 영화를 보고 있는데 다시 전화벨이 울리기 시작했다.

'아니, 참말로! 오늘, 날 잡았네.'
'이건 또 누구여'

하고는 신발 위에 전화를 올려놓고는 최대한 핸드폰의 빛이 보이지 않게 하고는 머리를 숙여 전화를 확인하니 또 모르는 번호였다. 누구세요? 더듬더듬 자판을 찾아 눌렀다. 여기 책장 배달업체인데 전화 통화 좀 할 수 있을까요. 하는 문자가 왔다.

주문하고 보름 동안 오지 않아 기다리고 있던 차였는데 이 밤중에 전화가 온 것이었다. 참으로 어이가 없고 난감하지 않을 수 없다. 아니, 이 밤중에 전화도 없이 오나요. 지금 대전 영화관에 있습니다. 그러니 경비실에 맡겨주세요. 하는 문자를 보내느라 애를 애를 쓰며 자판을 두드리는 데는 십 분 가까이 걸린 것 같았다. 머리를 숙이고 문자를 보내니 땀은 쏟아지고 옆자리에 눈치는 보이고 진짜 미치고 환장할 노릇이었다. 바로 답이 왔는데 기다릴 테니 영화 끝나고 연락 주세요. 했다.

'아니 진짜 돌아버리겠네.'

J가 나를 보더니 "왜 그래. 영화는 안 보고…" 한다. 일부러 나오라고 할까 봐 동네 영화관이었지만 인근 도시라 거짓으로 이야기했는데 성격 급한 나로서는 상대가 기다린다고 하니 불안해 미치고 팔딱 뛸 일이다. 영화가 머릿속에 들어올 리가 없다.

영화는 종결로 들어서고 학도병들의 죽음에 억울한 감정은 격해지고 모두가 숨죽이고 있는데 이대로 앉아 영화를 보고 있을 수가 없었다. J의 귀에 대고 "나, 밖에서 기다릴게 다 보고 나와."하니 J도 K도 "왜 그래?" 하고 의아스럽게 쳐다본다. 다시 꺾일듯한 고개를 숙이고 영화관을 빠져나왔다. 카운터에 앉아있던 상냥한 아가씨가 나를 바라본다. 두 번까지는 못 봐준다는 표정이다. 나도 안다. 동네 영화관이니 한 번쯤은 중간에 들어갔다 나왔다 봐준 거지. 밖으로 나와 전화를 했다.

— 아니, 이 밤중에 연락도 없이 배달을 하나요? 경비실에 맡

기라고 했잖아요.
– 네? 배달은 내일 갈 건데 시간 맞추려고 전화 한 건데요."
(뜨아아~~)

– 그럼 문자를 왜 그런 식으로 보내요? 내가 경비실에 맡기
라고 했으면 배달 온 게 아니라고 해야지요.
– 그래서 기다린다고 했잖아요. (이런.~~~)
– 아저씨, 배달 온 줄 알고 영화보다 나왔잖아요.

"어서 들어가서 보세요." 전화를 얼른 끊어버린다. 내가 잘못
된 건가? 그들이 잘못된 건가? 하늘을 올려다보니 밤하늘에
별이 반짝반짝 가을밤을 깊게 물들이고 있었다. 그 별은 마치
나에게 바보 바보 바보야~~ 멜롱멜롱 하고 노래를 부르는
것 같다.

영화관 화단에 앉아 이 약오른 상황에 어이없어하고 있는데
영화가 끝났는지 사람들이 하나, 둘씩 나오고 있었다. J와 K
의 모습이 보이기에 다가갔다.

– 잘 봤어? 재미있었어?
– 아니, 지금도 머릿속에는 총소리만 들리고 옆자리에서는
뭐가 계속 부스럭거리고 왔다 갔다 하고 뭐가 뭔지 모르겠어.

이렇게 억울한 영화 감상이 끝났는데 며칠이 지난 지금도 그

날이 생각나 실없이 웃음이 나오는데 영화가 감동적이라 잊지 못하는 것이 아니라 그런 상황이 어이없어 잊지 못할 영화가 되었다.

지금도 J와 K는 그 영화 재밌었어? 하면 아니, 아직도 머릿속에서 총소리만 들리고 옆에서는 뭐가 왔다 갔다 하더니 없어지고… 하는 말을 변함없이 한 자도 틀리지 않게 하고 있다.

아~ 웃을까 말까….

시 읽어주는 남자

마른장마가 계속되었다. 일주일이 넘도록 지독하게 더웠고 습하니 땀띠가 온몸을 뒤덮어 가려움증에 몇 날이고 잠을 못 이루었다. 길 건너에 한 청년이 목에 수건을 질끈 동여매고 커다란 잠자리 안경을 쓰고 보기에도 몹시 가난해 보이는 차림새로 뭔가를 펼쳐놓고 있었다.

새로운 장사꾼이 왔으니 무얼 팔러 왔나 궁금해서 슬쩍 건너 가 보았다. 가방에서 주섬주섬 꺼내는 건 양말이었다. 가까이 서 보니 얼굴에는 금방이라도 터질 것 같은 여드름이 잔뜩 성 나 있었다. 땀이 흐르니 여드름이 더욱 붉어졌다.

내 목덜미를 덮은 땀띠보다 청년의 여드름이 더 심각한 상황이라는 생각이 들었다. 물건을 다 폈는지 청년이 뭐라 소리를 지르는데 양말 사세요. 양말…이라고 하는 거 같았는데 정말이지 개미 오줌 싸는 소리만큼 작았다. 연거푸 몇 번 한 거 같은데 양말… 소리만 들렸지 그 뒤의 소리는 하나도 들리지 않았다. 나는 답답한 마음에 내 처지를 잊고 청년에게 말했다.

– 하나도 안 들려요. 크게 한 번 해 봐요. 양말 사세요. 하고 소리를 질러야지 젊은이가 말이야.

나를 바라본 청년이 그냥 픽 웃는데 땀이 눈이고 어디고 뚝뚝 떨어진다. "수건 없어요?" 하니 그 말에 손등으로 땀을 훔친다. 길 건너에서 "화장품 안 팔아요?" 단골손님이 나를 보고 소리를 지른다.

화장품을 팔고 옆자리의 금련이에게 갔는데 지나가던 할머니가 맛보라고 깎아놓은 바구니에 담긴 참외를 하염없이 바라본다. 상냥한 금련이는 "할머니 참외 드릴까예?"하니 "할머니가 난 돈 없어."하며 손사레를 친다.

– 돈 없어도 드시고 싶으면 드셔도 되여. 이거 좀 잘라드릴까예?
– 이빨도 없고 돈도 없어. 안 살 건데 뭘 먹어.
– 할머니 그냥 드셔도 돼요. 이거 드셔요.

― 그럼 의자 좀 줘 봐.

의자에 앉은 할머니는 금세라도 틀니가 앞으로 빠질듯한데 참외를 움켜쥐고는 하나도 흘리지 않고 요리조리 큰 참외 한 개를 알뜰하게 잘 드신다.

"아고 배부르네."
하고 일어서는데 뒤에서 그 모습을 보고 있던 또 다른 할머니 한 분이 나도 여기 앉아도 되나, 오늘은 무거워서 못 가지고 가고 다음 장날 사 갈 테니 하나만 깎아줘 봐, 단내가 나서 영 발걸음이 안 떨어지네. 하고는 벌써 침을 꿀꺽 삼킨다.

― 앉아예~ 하나 드시고 가셔예~

금련이의 그 모습이 하도 예뻐 머리를 쓰다듬어주었다.

― 금련아~ 너 천당 갈 때 혼자 가지 말고 언니 손 꼭 잡고 가야 된다.

― 언니야~ 또 웃길래? 그런데 저 길 건너에 오늘 첨 온 거 같은데 무슨 장사인가?

― 양말 장사인데 나보다 더 불쌍하네. 목소리가 하나도 안 들려. 양말 사라고 하는데 당최 뭐라 하는지 알아듣지 못하겠

다니까…. 가 볼래?

시원한 생수를 사가지고 갔는데 몇 개 안되는 양말은 바닥에 몇 개 놓여있고 청년은 책을 들고 있었다.

"양말이 이게 다인가요?"
묻자 청년은,

"네."
하는데 그 소리도 들리지 않아 입모양을 보고 알았다.

"밥은 먹었어 예?"
금련이가 묻자 또 "네"라고 했는데 그것도 입모양을 보고 알았다.

ㅡ 언니야. 내가 양말 사줄게 좀 골라 봐라.
ㅡ 정말? 그래 우리 이거 다 사자. (작은 것엔 용감하다.)

그 말은 들은 청년의 창백한 얼굴에 생기가 돌아 금방이라도 여드름이 툭, 하고 떨어져 내릴 것 같았다. 손에 들은 책을 땅 바닥에 엎어 놓았는데 백석 시집이었다. 커다란 운동화 위로 드러난 청년의 가느다란 발목이 몹시 안타까웠다.

ㅡ 이렇게 더운 여름에 누가 양말을 사겠어요. 다른 걸 팔아

야지.

청년이 힘없이 웃는다. 열 켤레씩 이렇게 스무 켤레를 사고 이만 원을 건네니 두 손으로 공손히도 받는다. 시를 좋아하나 보다. 내가 백석 시 좋아한다고 했더니 청년의 눈빛이 빛난다.

— 제가 시 하나 읽어드릴까요?
청년의 목소리가 분명하니 크게 들렸다. 금련이와 나는 놀라워 마주 보고, "그럴래요?" 했다. 청년이 시를 읽는다.

나와 나타샤와 흰 당나귀

가난한 내가
아름다운 나타샤를 사랑해서
오늘 밤은 푹푹 눈이 나린다
나타샤를 사랑은 하고 눈을 푹푹 날리고
나는 혼자 쓸쓸히 앉아 소주를 마신다
소주를 마시며 생각한다
나타샤와 나는
눈이 푹푹 쌓이는 밤 흰 당나귀 타고
산골로 가자 출출이 우는 깊은 산골로 가 마가리에 살자
눈은 푹푹 나리고
나는 나타샤를 생각하고

나타샤가 아니올리 없다
언제 벌써 내 속에 고조곤히 와 이야기한다
산골로 가는 것은 세상한테 지는 것이 아니다
세상 같은 건 더러워 버리는 것이다
눈은 푹푹 나리고
아름다운 나타샤는 나를 사랑하고
어데서 흰 당나귀도 오늘 밤이 좋아서
응앙응앙 울을 것이다.

양말 사세요는 못 하더니 시를 읽을 때는 목소리가 분명했다. 응앙응앙 울을 것이다에서는 목소리가 얼마나 크던지 길 가던 사람들이 모두 멈춰서 청년을 바라보았다. 갑자기 내 손을 꼭 잡은 금련이 말한다.

— 언니야~ 가자… 말만 잘하네. 그런데 시도 이상하고만… 당나귀가 어떻게 응앙응앙 우나? 목소리는 왜 저렇게 크고. 이상하네, 빨리 가자.

나도 어리둥절해 일어나는데 누군가 내 등을 툭, 치기에 쳐다보니 붕어빵 언니였다.

— 똑같다 똑같아… 화장품 장사 처음 나왔을 때 하고 똑같다.

손님도 못 쳐다보고 말도 못 하고 하루 종일 책에 코 박고 앉아있더니 어째 저리 똑같을까. 잃어버린 동생 아녀? 하하하! 그 틈에 청년은,

"고마워서 시원한 시 읽어드렸어요."
한다. 청년의 말소리가 다시 작아졌다.

― 양마알아아아… 사…세…요….

자리에 돌아온 금련이가 묻는다.

― 언니야… 정말 당나귀가 응앙응앙 우나?
― … 그건 나도 모린다.

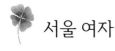 서울 여자

사람들로 북적거리는 장터에서 눈에 띄는 차림새의 여자가
걸어오고 있다. 회색 베레모를 쓰고 회색 슈트를 입었다. 깊
어가는 가을 분위기에 딱 어울리는 차림새다. 가까이 올수록
그녀의 모습에서 눈길이 거두어지지 않는다. 버섯 전 앞에서
잠시 멈추는 듯하더니 주인이 다른 손님과 이야기하는 사이
버섯 몇 개를 집어 들더니 가방 속에 넣는다.

붕어빵 포장마차 앞에서는 사람들이 먹고 있는 것을 쳐다보
더니 주인에게 다가가 뭐라 하는 것 같았는데 붕어빵 언니가
컵을 건네고 여자는 받아든 컵에 든 것을 마시고 있었다. 아

마 어묵 국물을 달라 해서 마시는 것 같았다. 건어물 전에서는 역시 땅콩 한 줌을 움켜잡았는데 주인이 딴 손님과 흥정하는 사이에 순식간에 일어난 일이다.

어묵 국물은 다 마셨는지 컵을 구겨서는 아무렇지도 않게 길바닥에 버린다. 이제 내 전 쪽으로 걸어오기 시작했는데 이상하게도 긴장이 되었다. 가까이 올수록 그녀의 모습이 명확해진다. 멀리서 볼 때에는 멋있어 보이던 회색 슈트였지만 가까이에서 보니 그녀의 왼쪽 가슴 위로는 여중 학교 이름이 쓰여 있었다. 볼록한 엉덩이 쪽 바지 주머니 선은 뜯어져 팬티가 살짝 보였다. 그래도 화려하게 빨강 구두를 신었는데 근거 없는 자신감에 꽉 차있는 듯 보였다. 한 손에는 진분홍 색깔의 에나멜이 군데군데 벗겨진 가방을 들고 있다. 내 전 앞에서 그녀가 멈췄다. 진열해 놓은 립스틱으로 시선이 모아졌다.

— 이거 발라 봐도 돼요?

내 대답보다 여자의 손이 더 빨리 립스틱을 집어 들었다. 거울도 보지 않고 샘플로 진열해놓은 빨간색 립스틱을 아무렇게나 입술에 칠하는데 놀랍게도 윗니라고는 한가운데 앞니 하나만 달랑 남아있었다.

—거울 있어요? 거울 좀 줘 봐요.

입술 선 밖으로 칠해진 립스틱이 여자를 거리의 부랑아처럼 만들어 놓았다. 거울과 함께 화장지를 건넸다.

— 안 바르는 게 낫겠네요.

내 말에 여자는 거울을 들여다보더니 혼자, 씩~ 웃는데 가운데 앞니가 돋보인다. 윗니가 다 어디로 갔을까?

— 언니, 나 이거 그냥 하나 주면 안 돼?
— 안 돼요.

단호하게 말했다. 이 여자에게는 그래야 한다고 생각했다.

— 그럼 이거 하나 줄래?

파운데이션을 집어 든다. 다급하게 여자의 손에서 잡아 뺐지만 재빠르게 여자가 파운데이션 든 손을 뒤로 빼는 바람에 진열된 화장품 위로 내 몸이 쓰러졌다. 그때다.

— 가방 좀 보자, 이년아.

새우젓을 팔고 있는 욕쟁이 할머니가 급하게 뛰어왔는지 숨찬 목소리로 외쳤다. 여자는 가방을 품에 안고 내놓을 생각을 하지 않는다.

— 가방 좀 보자니까 뭐를 숨겼길래 안 내놓는겨!
욕쟁이 할머니가 소리소리 지른다.

— 뭘 숨겼다고 그래요. 아무것도 안 숨겼는데….
— 그럼 왜 못 내놔! 어서 내놔 봐!

우악스럽게 가방을 잡아당기자 여자 품에서 가방이 떨어져
나와 바닥에 내팽개쳐졌다. 가방 지퍼가 열려 있었는지 담긴
것들이 모두 쏟아졌다. 땅바닥에는 좀 전에 넣은 땅콩 한 주
먹, 버섯 두 개, 고추 두 개, 꽁꽁 언 번데기 약간, 멸치, 가는
파 한 뿌리, 별별 것이 다 있다.

— 아니 이게 다 뭐야! 만물상이네 만물상! 이건 다 어디서 훔
친 거야? 내 마른 새우는 어디 다 숨겼어?

— 마른 새우 안 가지고 갔어요. 거기다 내려놨어요.

욕쟁이 할머니가 팽개쳐진 가방을 거꾸로 들어 탈탈 털었다.
순식간에 사람들이 몰려들었다. 땅바닥엔 때 묻은 손수건, 구
겨져 다 풀려버린 화장지, 볼펜 뚜껑, 전단지, 작은 동전지갑,
완구점에서 팔 듯한 가짜 만 원짜리 등등… 마치 여자의 인생
이 그대로 보이는 듯했다. 여자가 아무렇게나 쏟아진 물건들
을 가방에 주워 담으려 하는지 구부려 앉았는데, 그 순간 바
지 엉덩이 선이 뜯어져버렸다.

"아이고, 저를 어째." 누군가 신음처럼 쏟아내었다. 그래도 여자는 아랑곳없이 쏟아진 물건을 가방에 주워 담기 바빴다.

― 할머니, 새우는 없네요. 어서 자리로 돌아가세요.

나는 욕쟁이 할머니를 보고 말했다. 욕쟁이 할머니는 아직도 성에 안 차는 듯했다.

― 네가 장날이라고 멋을 잔뜩 내고 온 모양인데 조선 팔도에 있는 있는 멋, 없는 멋, 다 내 봤자 내 눈에는 영원한 촌년여, 이 천 원짜리 멸치도 못 사는 게 뭔 삐딱 구두는 신고 지랄이야. 장날마다 와서 지랄네. 한 번도 사지도 않으면서….

여자가 욕쟁이 할머니를 올려다보았다.

― 나 서울서 살다 왔다고… 나 서초동에서 살다 온 서울여자여. 아줌마가 촌년이지….
다른 소리 할 때는 가만히 있더니 촌년이라는 말에 여자가 고래고래 소리를 질렀다.

"서울은 와 보기나 했어? 이 촌년아!

이번에는 욕쟁이 할머니를 향해 대차게 공격했다. 뒤로 한 발짝 물러선 욕쟁이 할머니는 그렇다고 꺾일 사람은 아니다.

― 어째 서울 년이 이빨이 하나도 없냐, 이빨 하나는 왜 달고 다니냐, 아주 빼 버려, 서울 년이 이천 원짜리 멸치도 못 사냐? 안 살 거면 지랄 염병했다고 그렇게 주물럭거려, 하도 주물럭거려 마른 멸치도 터지것다. 에라이!

그 말에 모여 있던 사람들이 크게는 못 웃고 킥킥거리며 돌아섰다. 욕쟁이 할머니는 욕을 한 바가지 더 퍼붓고 돌아갔다. 쏟아진 물건을 주워 담고 있는 여자에게 비닐봉지를 건넸다.

― 못 쓰는 거 여기다 담아요. 내가 버려줄게요.

여자가 나를 올려다보았다.

― 버릴 건 하나도 없어. 이거 다 쓰는 거예요. 언니, 나 아까 그 빨강 립스틱 하나 주면 안 돼?

― … 알았어요. 줄게요.

"앗싸!" 즐거이 외치는 여자는 좀 전의 욕쟁이 할머니와의 사건은 까맣게 잊은 듯했다. 립스틱을 건네자 여자가 가방 속을 뒤지더니 고추 두 개와 멸치 몇 개를 꺼내 화장품 위에 올려놓는다.

― 언니, 이거 먹어. 고마워서 주는 거야. 나 이래 봬도 서울

여자야.
옆에서 그 모습을 계속 보고 있던 한 중년 남성이 말했다.

― 서울 여자는 개뿔, 내가 서울 가 봤는데 저렇게 억울하게
생긴 여자는 하나도 없구먼…서울 여자 망신 다 시키네.
여자가 중년 남자를 보고 씩 웃는데 가운뎃니가 빨갛게 칠한
입술 사이에서 바벨탑처럼 빛난다.

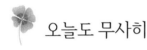 오늘도 무사히

읍내의 6번째 확진자는 12살의 어린아이였다. 양성인 걸 알기 전 아이는 학원이며 놀이터며 130명가량의 사람들을 명랑하게 만나고 다녔다고 했다. 아이의 부모와 고모도 양성반응이 나타났다고 했다. 소읍이 발칵 뒤집혔다. 날마다 살수차가 거리를 누비며 다녔다. 읍내와 면 단위의 마을에서는 아침마다 읍내에 나가면 큰일 난다고 나가지 말라고 마을 이장의 목소리가 확성기에서 울려 퍼지고 있다고 했다.

제법 이름난 음식점 몇 곳도 12살 꼬마 아이의 가족이 다녀간 후로 문을 닫았다. 생명과 연결된 일이니 나가면 안 된다고 하니 말 잘 듣는 아이들처럼 나오지 않는다. 맹렬한 햇볕은 읍내 거리를 정복한 듯 쏟아지니 모든 것이 메말라 가고 있는 느낌이다. 가끔씩 지나가는 사람들의 발걸음도 예전의 모습이 아닌 기운 잃은 패잔병처럼 겨우겨우 몸을 지탱하며 걷는 것 같다. 인구 3만 명인 읍내 사람들은 어디로 홀연히 사라진 듯 고요했다.

열 집 건너 한 집씩 가게 문이 닫히고 광고지는 가게를 내놓는 것으로 지면이 가득 찼다. 경기가 말이 아니다. 택배로 주문한 물건이 들어왔다. 땀으로 범벅된 마스크를 쓴 택배기사의 피로가 쌓인 무표정한 얼굴에선 어떤 인사를 한다 한들 다시 웃음을 찾아낼 수 있는 시간은 오지 않을 것처럼 느껴졌다.

매일 뉴스를 보면서 역병이 발생한 이후 중국 미국 이탈리아 등 어디서 무슨 일이 어떻게 일어나고 있는지 알 수 없는 노릇이다. 내 나라의 일도 모르니 하는 말이다. 수확을 앞둔 논밭이 긴 장마로 무자비하게 잠겨버리고 둑이 무너지고 집이 무너졌다. 그런데 이번엔 엄청난 태풍이 온다고 하니 또 어떤 재앙이 찾아올 것인가 하는 두려움을 본능적으로 느꼈다.

태풍 바비가 뉴스를 지배하고 있다. 몇몇 사람들이 모이기만 하면 하소연처럼 무사히 지나갔으면 하는 바람을 말끝마다 풀어놓았다. 해안지방을 강타한 바비가 다행히도 내륙 지방을 비껴가고 홀연히 사라졌다. 재난에 익숙해진 상황에서 오는 약하고 착한 자의 태도인지 너 나 할 것 없이 이곳을 비껴간 태풍에게 감사해하고 있었다.

"천만다행 아녀? 알곡들이 여물고 있는데 태풍이 지나간다면 다 쓸고 갈 것 아닌가벼. 일 년 농사 다 망치는겨. 아이고 생각만 해도 끔찍혀."

농부들은 고개를 절레절레 흔들었다. 태풍이 지나가고 사람들은 현실로 돌아와 오뚝이처럼 다시 일어서고 있었다. 가게 앞에 세워둔 오래된 차의 지붕 위로 쏟아지는 태양은 어느 한 순간 차를 불태워버릴 듯했다. 군청에서 우편물로 전달된 내용은 노후된 차량이므로 여름이 지나가기 전에 폐차할 것을 요구했다.

그들이 폐차하라는 요구가 굳이 없었다 해도 요 근래 내 차를 탄 친구들은 덜덜거리며 삐거덕 거리는 부속 소리에 놀라, "가다가 차 중간이 끊기는 건 아니겠지? 설마 반 토막 나서 뒷자리에 앉은 우리는 이대로 거리에 남아있는 건 아닐 거야. 그렇지?" 하고 말했다.

운전하던 나는 소리 내어 웃기는 했지만 민망함과 가난함에 얼굴이 달아올랐다. 3년 된 중고차를 샀다. 맨날 봉고차만 타고 다니다 외관이 매끄러운 차를 타니 제트기처럼 날쌔고 미

끄러운 게 여간 좋은 게 아니다. 제트기를 타면 이런 기분이
려나… 날아갈 것처럼 좋다.

차를 본 시장 동생들이,

"언니야~ 이 불황에 차 샀나? 언니 진짜 성공했다."
"성공? 하하하! 그래? 이 착한 것들… 어흠~"
속 없이 잘난척했지만 많은 것에 감사한 나날이다.

오래도록 느릿느릿

오래도록 느릿느릿

7월 한 달 내내 비가 오더니 8월도 열흘이 지나가도록 그치지 않고 비가 내린다. 세상이 온통 비에 녹아내리고 있는 것 같다. 지나가는 아무것이나 붙들고 꾹 비틀어 짜면 물이 한동이 이상은 나올 것 같았다. 아침에 일어나니 또 비가 온다. 요즈음 영 밥맛이 없다. 뭘 만들어 먹자니 맘이 내키지 않아 편한 것에 눈을 돌린다. 가게에 배달시키는 야쿠르트 액상커피를 집으로 들고 와 마신다. 커피 한 잔과 포도 한 송이 먹고도 뭔가 서운하다.

주방 쪽을 어슬렁거리다 눈에 와닿는 보석 같은 것이 있었으

니 어제 마시다 남은 소주를 발견하고 바로 이거지. 기쁨의
종소리가 머릿속에서 댕~ 하고 울린다. 이 정도 되면 누군가
혹시 알코올중독 아냐? 하고 물어올 만도 한데 다행히 누구
도 아직까지 그런 질문을 하지는 않았다. 사실 한다 해도 나
는 당당히 아니라고 말할 수 있다. (자랑이다.) 빈 커피 잔에
남은 소주를 따라 마셨다. 입이 써 어제저녁 먹다 남은 계란
말이 하나를 들어 파마산 치즈를 듬뿍 찍어 입에 넣고 집을
나섰다. 쌉싸름하고 부드럽고 고소한 것이 녹아내리니 기분
이 좋아졌다.

우산을 쓰고 걷지만 비가 들이쳐 바지가 몇 발걸음 안 걸어
다 젖었다. 사실 우산을 접고 걷고 싶었지만 사람들이 보고
미쳤다고 할까 봐 그냥 꾹 참고 걸었다. 맨발 사이로 빗물이
들어오니 발가락이 간지러운 게 너무 좋았다.

가게에 도착하니 간판 아래 매단 현수막이 물에 축 처져 금방
이라도 내 머리 위로 뚝 떨어질 것 같았다. 문을 열고 들어가
다시 뜨거운 커피를 한 잔 마시니 좀 전에 마신 술기운이 다
사라져 버린다. 밖에 물건을 정리하고 있는데 목소리도 걸음
도 안단테인 할아버지가 문 앞에 서서 안쪽을 기웃거린다.

— 할아버지 뭐 찾으세요?
— 거 뭐냐, 내가 입을 메리야쓰하고 팬티 사야 하는데 싼 거
로 줘봐.

— 네.
— 차 시간 없으니 빨리 줘 봐.

서둘러 물건을 챙겨 드렸다.

— 이만 천 원인데 이만 원만 주세요.

할아버지는 지팡이를 옆에 세워 놓고는,

— 여기 앉을 데 없어? 돈 꺼내야 되니 의자 있으면 줘 봐.

의자를 갖다 드리니 돈을 꺼내는데 느릿느릿 거짓말 조금 보
태서 삼십 분은 걸렸다.

— 지금 몇 시여?
— 아홉시네요.

— 그려? 아홉시 차인데 버스 놓쳤네.
— 다음 차 타고 가셔야겠네요.

— 다음 차는 열시 차인데 이 빗속에 어디 가있어? 나 여기 좀
있다 가면 안 되나?

— … 여기는 아주머니들이 많이 오셔서 좀 그런데요.

— 여기 어디 커피 시킬데 없나? 다방 말여.

— 다방 없어진 지 오래되었어요. 제가 커피 한 잔 타 드릴게요. 이 커피 드시고 요 위에 농협에 앉아계시다 가세요. 제가 일을 좀 해야 해서요.

— … 그려. 그런데 아줌마는 지금 몇 살여?

— … 그건 왜 물으세요?

— …한 서른 살 되었나?

아니, 이 할아버지가… 금방 욱하던 그 심정은 어디 가고….

— 아이코, 할아버지… 하하하하 제가 서른 살로 보여요?

— 그려….

내가 좋아하며 웃으니 할아버지도 웃는다. 사방을 둘러본 할아버지께서, "그런데 저 빨간색 저런 건 누가 사 가나?" 한다.

— 빨간색 어느 거요?

"저… 젖 가리개 말여."

하고는 웃는데 그 모습이 음흉하니 순간 지팡이로 확 밀어내고 싶었다.

— 어르신, 커피 다 드셨으면 그만 가보세요. 제가 일해야 해

요.

— 내가 있다고 일 못하나?
— 그런 건 아니지만 왔다 갔다 해야 하니 불편해서 못해요.
그러니 그만 가 보세요.

— 손님을 내쫓네…. 내가 이런 거 산다고 흉보지 말고 저 빨
강 거 저거 줘 봐.
— 뭐 하시게요?
— 우리 마누라 하나 사다 줘보려고 혀.

— 아이고… 어르신, 어머니들은 저거 안 입으세요. 이거로
사다 주세요.

하얀 면 브래지어를 권하니 할아버지가 고개를 젓는다.

— 아녀, 저 빨강 거 줘 봐. 죽기 전에 한 번 입어보라고 사다
줘야겠네. 언제부터 사다 주고 싶었는데 주책맞다고 할까 봐
말을 못 꺼냈구먼 우리 마누라가 다리를 못 움직여서 밖에 나
오질 못 혀, 워낙 빨간 걸 좋아하는데 말여. 오늘 비가 오니 손
님이 없을 거라 생각하고 내가 작정하고 들어왔구먼….

할아버지 말을 들으니 좀 전까지 나는 속으로 이런 주책바가
지 영감탱이가 다 있나 했는데 순간 마음이 숙연해졌다.

— 할머니가 아프세요?
— 응, 많이 아파. 이제 다 살았지 뭐….

옷 봉투를 받아든 할아버지는, "이제 샀으니 가야지. 이거 사기가 그렇게 힘들었네." 한다.

지팡이를 건네 드리면서, "할아버지 죄송해요. 좀 앉아계시다 차 시간 맞춰서 나가세요." 하니,

— 아녀… 어여 일혀. 우리 마누라가 기달려. 빨리 가봐야지. 고마우이….

— …할아버지… 죄송해요.
— 뭐가 죄송혀? 내가 주책바가지지.

— 할아버지, 할머니 위해서 오래 사세요.
— 그래야지. 돈 많이 버슈.

할아버지가 내 맘을 울리고 느리게 느리게 오래도록 빗속을 걸어가신다.

단골손님 사수하기

며칠째 하늘이 열렸는지 비가 내렸다 그치고 또 내리고 밖에
내놓은 물건의 비닐을 씌웠다 벗겼다 이러길 오늘도 너댓 번
은 되었다. 또다시 비가 퍼붓기 시작했고 그 사이 비를 뚫고
나타난 단골손님이 물을 뚝뚝 흘리며 가게 안으로 들어왔다.
쫄딱 맞은 비에 몇 가닥 남은 머리카락이 민머리에 달라붙어
평소와는 다른 모습이었다.

가게 개업할 때부터 오신 손님이니 우리 가게에 오신 지 3년
은 넘은 것 같다. 두 달에 한 번씩 부인 속옷을 선물한다면 사
갔다. 포장을 해드릴라 치면 손을 저으며 누가 보면 큰일 난

다고 안 보이는 검정 비닐봉지에 넣어달라고 했다.

"자랑스러워하셔도 돼요. 왜 창피해 하세요."
하면 얼굴을 붉히며 웃고는 했다.

어느 날은 화장품도 사 가고 고급스런 블라우스도 사 갔다. 애를 먹이지 않고 물건을 쉽게 구입해 장사하는 보람과 즐거움을 주는 큰 손님이었다.

─ 아고 홀딱 젖었네.

겸연쩍게 머리를 쓸어내리며 단골손님은,

─ 여긴 가게는 못 비우지요?
─ 왜요?

─ 복숭아 농사를 짓는데 요즘 판로가 없어서… 아주 달고 맛있는데….

─ 아… 그래요? 제가 과일을 엄청 좋아하는데 좀 선물할 때도 있는데 잘 됐네요. 낮엔 못 가고 저녁에 가도 되나요?

─ 그럼요.

내일 저녁에 간다 약속을 잡고 불러주는 주소를 메모해 놓고 장날마다 와서 가게 일을 도와주는 제이에게 함께 가자 전화를 했다.

가게를 일찍 접고 내비게이션에 주소를 찍고 과수원으로 향했다. 약속 장소에 도착하니 마을회관이었다. 어스름 저녁 기운이 내려앉은 마을 정자에 모여있는 어른께 단골손님의 성함을 말하니 그런 사람은 이 동네에 없을뿐더러 과수원도 없다고 했다.

단골손님께 전화를 하니 제대로 알려줬는데 왜 못 찾냐고 언성을 높이며 다시 잘 찾아오라고 했다. 운전하던 나는 제이에게 주소 다시 찍어 봐. 하고 네비가 알려주는 데로 가니 이번에는 외딴 산길이 나왔다. 그러길 수 십 번, 워낙 길치인 나와 통화하던 단골손님의 목소리는 점점 격앙되었고 남들 다 찾아오는 길을 왜 못 찾냐고 화를 내기 시작했다.

산길 주변을 삼십 분 정도 뱅뱅 도니 어지러워 토할 것 같았다. 옆에 앉은 제이에게 제대로 찍었냐고 다시 확인하니 적어준 대로 찍었다고 했다. 또 과수원 주인에게 전화가 왔다.

– 사장님, 주소 다시 문자로 좀 넣어주시면 안 될까요.?
– 나는 문자 같은 거 못 혀!
– 그럼 여기 버스 정류장으로 나와주시면 안 돼요? 거기서

기다릴게요.

— 차가 없어 못 나가!
— 차 없으세요?
— 트럭 있는데 아들이 서울 가락시장으로 복숭아 싣고 갔어.
— 그리고 이 빗속에 어딜 나오라는겨!

친절하고 우호적이었던 단골손님과의 관계는 그렇게 서로 목소리를 높이며 불협화음이 일기 시작했다. 좁은 산길에서 후진하며 옆 고랑으로 빠질까 봐 하도 신경을 썼더니 머리도 아파왔다.

— 아직도 못 찾았어?

다시 전화해서 소리를 지른다. 이미 서로를 향한 존칭어는 사라지고 급기야는 누가 목소리 더 큰가 내기하듯 악을 바락바락 쓰기 시작했다. 제대로 알려줘야 찾아가지요.(나도 빽!)

— 그럼, 사장님 내일 저희 가게로 갖다주시면 안돼요?
— 못 가!
— ….그럼 택배로 부쳐주세요.

— 여긴 택배 취급은 안 해!!!!!
— …그럼 못 찾겠는데 어떻게 해야 해요. 알았어요. 안 살래

요. 날은 깜깜해지고 이러다 집도 못 찾아가겠어요.

― 사지 마! 이까짓 거 열 박스 내 안 팔아도 그만여. 오지마
아! 소여물로 주고 말껴.

전화기를 스피커폰으로 켜 놓았는데 그만 옆자리에 앉았던
제이가 웃음이 터지고 말았다. 나도 말을 하다 보니 그만 웃
음을 참을 수가 없었다.

― 웃어? 남 속 터지게 하고 웃어? 그렇게 길도 못 찾으면서
장사는 어떻게 해? 응? 생긴 거 하고는 영 틀려먹었네. 남들
다 찾아오는데 왜 못 찾아오느냐구… 엉?

저쪽에서 들리는 말이다. 그 말에 둘이 허리가 끊어질 듯 웃
어대고 있었다.

― 안 팔 테니 오지 말라고!

그리고는 전화를 뚝 끊었다. 시간을 보니 출발한 지 한 시간
이 지났다. 경기도 안 좋은 요즘 큰 단골손님 하나 놓치게 되
었다는 생각에 정신이 번쩍 들었다.

― 주소 적은 메모지 좀 줘 봐.

불을 켜고 네비를 확인하니 제이는 1길을 2길로 찍었네… 이런~~ 시골 산길이니 사방이 깜깜하다. 다시 찍은 주소로 출발하니 과수원이 나왔다. 스무 번 정도 전화 통화를 해서 이제 단골손님의 화난 목소리를 다시 들을 생각을 하니 겁이 나기도 하고 민망해서 할 수가 없었다.

옆자리 앉아있는 제이에게, "나 못 하겠어 한 번 다시 해 봐." 하고는 전화를 걸고 스피커를 켰다. 전화를 받은 단골손님은 대뜸 말한다.

– 안 팔아… 안 판다고 … 천만 원을 줘도 안 팔아… 끊어!
– 여보세요… 그게 아니고 사장님, 이제 찾았어요.

말을 다 듣지 않은 단골손님이 전화를 끊었다.

– 나도 무서워서 전화 못 하겠어.

제이가 전화기를 다시 나한테 준다. 선택의 여지가 없다. 용기 내어 다시 전화를 했다. 굉장히 부드럽고 순하고 공손한 목소리로,

– 사…장… 님이이임, 찾았어요. 과수원 찾았어요. 외딴 집 하나 있는 게 사장님 과수원이지요.?

― … 그려… 찾았구먼….

― 네….찾았네요… 하하하, 좀 나와주시겠어요오오오…

옆에 앉은 제이가 콧소리로 말을 했다.

― …그려요… 내 손전등 들고, 나갈 테니 불빛 있는 데로 와
요.

아, 다시 예전의 친절한 단골손님 상태로 회복되고 있었다.
손전등을 비추던 단골손님을 마주하니 화를 가라앉히느라
애쓴 표정이 역력했다.

― 사장님이 제대로 알려주셨는데 네비도 잘못 찍고 그만 동
네 어른들이 잘못 알려주셔서 헷갈렸네요. 죄송해요. 신경 쓰
게 해서….

― 요즘 네비 믿을 거 못 돼요. 그리고 어느 늠이 그렇게 말한
겨, 쫓아가서 그냥 주리를 틀어버리게… 내 가만히 안 둘껴.
사람을 이 고생을 시켜? 어떻게 생겼어요. 내 이늠을 그냥…

― 아니에요. 저희가 네비도 잘못 찍고 길치라 잘 못 찾은 거
예요. 아이고… 이 복숭아예요? 세상에 싱싱해라~

― 찾아오느라 고생했는데 먹어 봐요.

무심히 복숭아를 건넨다.

— 네. 사장님, 아이고…너무 맛있네. 너무 맛있어. 이렇게 맛
있는 복숭아 먹으려고 이 고생을 했나베. 세상에 이렇게 맛있
는 복숭아는 생전 첨 먹어보네… 너무 맛있어요. 사장님이임.
너무 맛있어 눈물이 다 나올라고 하네… (진짜 눈물 나왔다.
하~ 찾느라 고생해서…)

붉은 전등이 매달린 움막 아래 좀 전의 목소리를 높이며 공격
적이었던 과수원 사장님의 얼굴이 세상 행복한 얼굴로 변해
있었다.

 바나나킥

가게로 걸어오는데 바람이 쌀쌀한 게 찬 기운이 느껴진다. 여름이 없이 가을이 찾아왔다. 비가 몇 개월째 오는 바람에 여름 옷이 가게 안에 그대로 쌓였다. 어제는 동대문시장에서 추석을 대비한 물건을 해가지고 와 정리하고 있는데 다섯 명이 우르르 몰려왔다. 선물한다면서 여러 명이 이것저것 고르다 양말세트로 정하게 되었다.

밤을 꼬박 새우고 장을 보고 온 상태라 몹시 피곤했다. 양말 2종 세트를 싼 거로 달라고 그래야 부녀회비 모아놓은 돈과 계산이 맞는다고 했다. 30세트를 4천 원씩 주었다. 다섯 명의 손님들은 서로 눈을 맞추며 흡족한 표정으로 돌아갔다. 가는 사람을 불러 세워 2천 원짜리 손수건을 한 장씩 선물했다. 몹시 고마워하며 다시 온다고 했다.

대충 해 온 물건을 정리하고 양말 영수증을 찾아보니 원가가 5천 2백 원이었다. 순간 머릿속이 하애졌다. 작년에 팔던 양말 가격으로 착각했던 것이다. 달라지도 않은 손수건까지 주었으니 이익이 남기는커녕 한 장에 천 2백 원이 손해였다. 30세트니 손수건을 포함해 4만 6천 원이 손해다. 한심하다. 바보, 멍청이, 등신… 정신을 어디 두고 있는지….

정리가 되지 않는 내 자신에게 화가 나서 잠이 오지 않았다. 겨우 눈을 붙이고 일어나니 물을 마시는데도 목이 아팠다. 가게 문을 열고 약을 먹고 라디오를 켜고 커피를 마시는 동안만 아주 잠시 평화로웠다.

몇 사람의 손님들이 왔다 가고 눈에 익은 손님 둘이 들어온다. 그중 한 사람이 목소리를 높이며 반갑게, "어제 사간 양말 세트 다시 사러 왔어요. 질이 좋더라고요."

'뜨아아아~ 그 사람들이구나.' 가슴이 급하게 뛴다.

— 아~ 어제 양말… 어쩌면 좋아요. 제가 잘못 팔았어요. 우리 가게에서 제일 좋은 양말인데 손해 보고 팔았어요. 어제

너무 속상해서 잠을 못 잤어요. 어떡해요.

— 네? 그럼 어떡해야 되는데요.
— 제가 실수했으니 원가만 계산해 주세요. 5만 원만 더 주세요. 죄송해요.

— 그러는 게 어딨어요. 아, 싫어요. 우리는 양말 더 사러 온 건데… 지금 그렇게 말하면 어떡해요.

— … 제가 잘못 말했으니 안 준다 해도 할 수 없지요. 그냥 제가 손해 보고 판 거만 알아주세요.

— 30세트 더 살려고 했는데 그냥 가야겠네.

순간 그녀들과 나 사이에 어색함과 냉랭함이 감돈다.

— 그럼 그러지 말고 이 양말 세트가 7천 원인데 이번 것은 제 가격 주고 가지고 가세요. 지인들에게 좋은 양말 선물하세요.

둘은 망설이는가 싶더니 잠시 몸을 붙이며 이야기를 나눈다.

— 그래요, 그럼 우리도 그 말 듣고 그냥 가도 불편하니 주세요.
— 아, 고마워요. 제 말을 믿어주셔서….

나도 가끔은 행복할 때가 있다

물건을 담아주었다.

— 오늘은 손수건 안 줘요?
— 아… 당연히 드려야지요. 또 오셔야 해요.
— 이 아줌마 장사 잘하네.
— 무슨 장사를 잘해요. 맨날 이렇게 손해만 보고 파는데…
— 또 사러 올게요. 아직 선물할 데가 더 남았어요.

그렇게 그녀들이 돌아갔다. 남는 건지 밑지는 건지는 모르겠지만 마음이 조금은 편해졌다. 이제 마음을 다잡고 정신 똑바로 차리고 장사하자. 손님이 없어도 열심히 해야 한다. 손님이 채워질 때까지 열심히 하자. 이런 마음을 먹고 있는데 라디오에서 자영업 하는 사람들의 고충을 문자메시지로 전해달라고 진행자가 말했다.

좀 전의 마음가짐을 기록해야겠다 하는 생각이 들어 문자메시지로 보냈더니 잊혀진 가수의 쓸쓸한 가을 노래가 끝나자 곧바로 진행자는 내가 보낸 문자메시지를 소개하고 선물을 보내주겠다고 했다. 기분이 좋아져서 친구에게 저녁식사를 사겠다고 전화를 했다. 당첨 선물로 뭐가 오려나 하고 은근히 기대를 했다.

식사를 하면서도 혹시 한우세트가 오려나? 아님 상품권? 주유권? 궁금해하던 순간 핸드폰에서 띵동 하고 모바일 쿠폰이 들어왔다.

'드디어 왔구나!'
열어 본 모바일 쿠폰은,

'뜨아아아아~~~~~'

라디오 문자 소개된 선물은 GS 편의점의 950원짜리 농심 바나나킥 한 개였다.

'이럴 수가~~!'

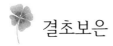 결초보은

살던 곳을 떠나오니 친구가 없는 아이들이 학교 갔다 오면 엄마만 기다리고 있었다. 학원에 보내고 싶었지만 상황이 어려워 마음뿐이었다. 내 아이 또래의 초등학생들이 학원에서 우르르 쏟아져 나와 내 리어카가 있는 곳으로 빵을 사러 와서는 재잘거리는 환한 얼굴을 보니 집에서 있을 아이들 생각이 더 났다.

얼마 전 "엄마, 오빠하고 나하고 학원 보내주면 안 돼?" 하던 딸의 얼굴이 떠올라 리어카의 포장을 덮고 길 건너에 있는 학원으로 향했다. 잠시 멈칫했지만 용기 내어 학원 이층 계단을 올라갔다.

"사정이 안 좋아서 그러는데 지금은 못 드리고 한 달 후에 학원비 드리면 안 될까요?" 하니, 동글동글한 얼굴에 안경 쓴 젊은 원장님이 흔쾌히 고개를 끄덕였다. 그렇게 아이들을 일년 남짓 학원에 보내게 되었다. 후로 사정이 더 안 좋아져서 갑자기 그곳을 떠나게 되었다. 학원비는 두 달이 밀려있었는데 아무런 말도 하지 못한 채 사라져 버린 꼴이 되고 말았다. 그 일은 몇 달간 항시 따라다니며 나를 괴롭혔지만 사는 게 워낙 힘들고 그보다 더한 일이 생기다 보니 학원비는 아주 미미한 일이 되어 기억 저편으로 사라져버렸다.

3년 전인가 불시에 며칠이고 그 일이 떠올라 돈을 마련해서 학원이 있던 곳을 찾아갔다. 학원이 있던 자리는 사라지고 택시 승강장이 되어 있었다. 몇몇 기사분한테 학원이 어디로 갔냐고 물었지만 모두 모른다고 했다. 어지러움을 느끼며 집으로 돌아오는 내내 돌덩이 하나 삼킨 듯 가슴이 답답했다. 며칠 전 신문사 기자가 와서 기고 글을 부탁했다. 요즈음은 마음이 편해서 그런지 글이 안 써지네요. 하고 웃었더니,

"좋은 일이네요. 그래도… 좀…" 하기에, "그럼, 제 부탁 좀 하나만 들어주세요." 하고 18년 전에 있었던 학원 이름을 적어주며 원장님 좀 찾아달라 했다.

한 시간이나 지났을까 연락처를 알아냈다고 했다. 전해 들은 전화번호를 들고 있었지만 미안한 마음이 커서 전화하기가 힘들었다. 그래도 그때 돈이 없음에도 학원에 보내겠다는 마음으로 찾아간 것처럼 용기 내어 전화를 했다.

"기억하실지 모르겠지만 18년 전 저희 아이를 학원에 보냈는데 그때 상황이 어려워 학원비를 두 달 치 못 드리고 왔네요. 너무 죄송합니다. 그래도 원장님 덕분에 아이들이 사회의 일원으로 자리를 잡았습니다. 학원비를 드릴 수 있는 상황이 되어 지금이라도 이렇게 찾게 되었습니다."

한동안 말이 없던 건너편 전화기 너머에서 들려오는 목소리는 나처럼 떨렸던 건지 뭉클함이 느껴졌다. 전화 준 거로도 학원비보다 더 한 것을 받았다며 한사코 계좌번호를 알려주지 않았다. 원장님은 학원 운영이 어려워 정리하고 지금은 대추농사를 짓고 있다고 했다.

제가 대추를 좋아하니 그럼 대추를 좀 구입해야겠다 하니 그제서야 계좌번호를 전해주었다. 다음날 받은 택배 상자를 여니 달큰한 대추 내음이 나를 마냥 행복하게 한다. 아들과 딸의 얼굴이 대추 사이에서 웃으며 나를 바라보고 있는 것 같다. 한층 발걸음이 가벼워진 요즘이다.

지금 고객님의 잔액은…

방바닥에 내려앉은 먼지만큼 돈이 없는 날이 대부분이었다. 아이들 수학여행비를 줘서 보내야 하는데 돈이 없어 혹시나 하는 마음으로 장롱 속에 걸린 몇 가지 되지 않는 옷 하나하나를 들추며 주머니에 손을 넣어본다. 장롱 속 옷을 다 뒤지고 나니 삼백 원이 나온다. 나와 눈이 마주친 녀석이 멋쩍게 수학여행 안 가면 어떠냐고 한다. 이렇게 저렇게 아이들은 커 간다.

고향을 등지고 나온 후 오래도록 계속된 지독한 가난 때문에 살얼음판을 걷는 듯 하루하루가 위태로웠고 아픈 생활의 연

속이었다. 일을 마치고 돌아온 밤이면 헛된 꿈을 꾸며 은행에 전화를 걸었다.

혹시, '누군가 계좌이체를 잘못해서 내 통장으로 들어와 있지 않을까?' 하는 그런 생각… 하늘에서 바라보던 하느님이 '이 번 만이다.' 하고 내 통장으로 돈이 들어와 있지 않을까? 하는 터무니없는 생각에 날마다 전화를 해보았다. 전화기를 들고 있다 보면 정말 무슨 일이 일어날 것처럼 가슴이 두근거려 그 순간 숨을 멈추게 된다. 전화기에서 흘러나오는 '고객님 계좌의 잔액은… 0원입니다.'

창가에 비친 달은 내 속도 모르고 참 밝기도 하다. 다음날 일을 마치고 돌아와 또 전화를 한다. 고객님의 계좌의 잔액은 십… 하고 울리면 혹시 십만 원일까… 가슴이 막 뛰기 시작한다.

'고객님 계좌의 잔액은 십이 원입니다.' 돈은 너무도 필요한데 그래도 어제의 0원보다는 낫구나. 오늘도 어김없이 찾아온 창밖의 달에게 염치가 없네, 저 달은 누구나 다 볼 수 있는 달이겠지. 달도 돈 없는 사람은 볼 수 없다면 나는 평생 달도 못 보고 살겠구나 하는 생각이 드니 그래도 가질 수 있는 게 있구나 싶어 다행이었다.

돈은 없어도 세월은 흐르고 아이들은 커간다. 아들 대학 등록

금을 입금하기 위해 은행에 갔는데 내 앞에선 아주머니가 통장을 들고 무얼 하는지 좀처럼 끝나지 않고 기계 앞에 서 있다. 한참토록 기계음이 나더니 정리된 통장을 보고 있는 아주머니의 뒤에 서 있던 난 우연히 통장을 보게 되었다. 동그라미가 많기에 손가락을 펴서 세어보니 1억 2천만 원 정도였던 같다. 1억이다. 헉~ . 1억하고도 2천만 원이 더 있네. 내 돈도 아닌데 급하게 가슴이 뛰기 시작했다.

아주머니가 돌아가는 뒷모습을 넋을 놓고 바라보는데 작은 키의 아주머니 모습에서 후광이 막 비치는 게 대단해 보였다. 어떡하면 1억이라는 돈을 통장에 넣어놓고 살 수 있는 걸까, 반은 얼이 빠진 모습으로 내 전에 돌아왔다. 나를 바라보던 과일전 금련이 말한다.

— 언니야, 뭔 일 있나 왜 그러는데?
— 어떤 아줌마 통장을 우연히 봤는데 1억이 넘게 들어있네. 세상에… 통장이 무거워 어떻게 들고 갔을까?

— 언니야~ 그런 사람 많다. 뭘 그걸 같고 그렇게 놀래나…
— 동그라미가 아홉 개면 '억' 맞지?

다시 손가락을 펴고 계산했다.

— 남의 돈을 왜 언니가 손가락 펴고 계산하나 할 일도 없다

참말로 그 아줌마 늙었나?

— 한 육십은 돼 보이던데 어떻게 1억이 있을 수가 있나.
— 아이코~ 참말로 언니도 그 나이 되면 1억 넘지 않겠나 이
렇게 죽기 살기로 하는데 그 돈 못 모이겠나~

— 나도 모일 수 있을까 지금도 관리비가 세 달째 밀렸다고
독촉 전화가 오는데….

— 몬 산다. 못 살아~ 언니가 더 모일 수 있다.
— 그렇게 되면 일 안 하고 너희들하고 여행 다니고 싶다.

— 참말로 그러기다. 그때 가서 딴 소리 하기 없기다. 언니야
~

이제 조금씩 늙어가고 있다. 오래전 무거운 통장을 가지고 있
던 아줌마의 나이가 된 지금 나는 어떨까? 아직도 '고객님의
잔액은 0원입니다' 일까? 내 마음속으로 전해지고 있는 음성
은, 지금 고객님 통장의 잔액은…

지금껏 살아온 사람과의 인연입니다.

부디 저를
용서하지 마세요

한 해가 지나가고 있습니다
바람이 분다. 살아야겠다
부디 저를 용서하지 마세요

한 해가 지나가고 있습니다

세밑의 추위를 견디지 못해 그만 괴로움을 몸에 달고 병실에
누웠습니다. 저물고 달이 기우는 밤 한켠에 이웃집의 개 짓는
소리만이 어둠 속의 고요를 베어 물 듯합니다. 동네 실개천에
서 있는 가로등 아래로 조금씩 눈이 내립니다. 좀처럼 잠이
올 것 같지 않은, 생각이 많아지는 밤입니다.

오늘은 당신에게 낮에 가게에 오신 손님의 이야기를 들려드
리겠습니다. 허리가 반으로 굽은 할머니가 고운 미소를 지으
며 가게로 들어오는데 어느 젊은 여인 못지않은 아름다움이
느껴지며 주위가 환해졌습니다. 필요한 물건을 구입하신 할

머니께, "좀 쉬었다 가세요." 하고는 차 한 잔을 드렸습니다.

— 허리가 많이 굽은 거 보니 젊은 날에 일을 많이 하셨나 봐
요.
—일해서 굽은 게 아녀유.
—그럼 사고 나셨어요?
—그게 아니고 이런 얘기 해도 되나 몰러.

할머니의 눈빛이 내 이야기 좀 들어주었으면 하는 표정이었
습니다.

— 지금 손님도 없는데 이야기 좀 들려주세요.

— 딸이 셋이고 오십 넘어 막내를 낳는데 아들이지 뭐유. 지
누나들은 공부를 하지 말래도 기를 쓰고 하는데 막내는 공부
를 안 하더라고, 대학교는 보내야 하겠는데 이 녀석이 시험
치를 생각도 안 하고 강원도 어디라나 그짝으로 친구들하고
썰맨가 뭔가를 타러 가고 학교를 안 갔다지 뭐유, 하늘이 깜
깜해지는 게 속이 하도 상해서 애들 아버지하고 생전 첨 가보
는 강원도로 막내 놈을 찾아간 거 아녀유,

도착하고 보니 한밤중이지 뭐유, 맘이 급해서 고무신을 신고
갔는데 밤에 눈 쌓인 산을 올라가는데 깜깜해 어디 당최 보여
야지, 몇 번이고 넘어지면서 다시 걷는데 그러다 그만 오지게

얼음판에서 넘어져 정신을 잃었잖여. 그리고 눈을 떠보니 병원이더라구. 정신 채리고 보니께 우리 막둥이가 내 옆에 앉아 내 손을 꼭 잡고 철철 우는데, 엄마 깨어만 주세요. 내가 공부 열심히 해서 좋은 대학 가고 엄마가 하라는 대로 다할게요. 내가 잘못했어요. 엄마 엄마 하면서 얼마나 울었는지 목소리가 다 변했더라고…

'아이고, 이눔이 정신을 차렸구나' 하는 생각이 드니 몸은 아파도 마음이 놓이더라구유. 그렇게 노는데 정신이 팔리고 친구만 알고 공부는 안 하던 애가 완전히 달라져 서울에 있는 좋은 대학교에 가서 장학생으로 졸업하고 지금은 대전에서 약국을 아주 크게 하고 있어요. 내 몸은 이렇게 되었지만 내가 그때 찾아가길 잘했지 뭐유. 우리 막둥이가 이렇게 잘 되었으니 내가 얼마나 좋은지 몰러.

─그럼 그때 넘어져서 지금껏 허리를 못 쓰시는 거예요?
─그려. 그래도 괜찮여, 내 몸 하나 망가져 막내가 잘 돼서 여한이 없어.

─ 그래도 몸이 불편하셔서 어떡해요?
─ 그래도 괜찮다니께….

나는 할머니 이야기를 듣고 정말 잘 된 건지 잘못된 건지 분간이 가지 않고 혼돈 상태였어요. 그래도 할머니께서 좋은 인상을 가지고 항시 웃으며 말씀하시는 것을 보니 행복해 보이셨어요. 그리고 할머니 막내 아드님이 어머님 뵐 때마다 여간 죄스럽지 않을까 하는 걱정도 혼자 해보았습니다.

부모라면 비애와 상실을 넘어서 세상의 소란에도 흥분하거나 기울지 않고 오로지 자식만을 위해 사시는 분들이 대부분입니다. 우리의 부모가 그랬고 우리도 그랬는지 모릅니다. 당신은 어찌 한 해를 살았나요?

치열하게 살아온 지난날들, 그게 누구를 위한 거라고 말하고 싶지는 않습니다. 그래도 온전히 나를 위한 삶이 조금은 있어야 그게 합당한 삶이라는 생각을 했습니다. 며칠 전 친구들과 제주도 여행을 약속했습니다. 그들이 바닷가 저녁 일몰에 맞춰 비행기를 예약하고 숙소를 찾는 동안 나는 혼자 첫 비행기를 타고 제주도에 도착했습니다.

렌트한 차를 빌려 친구들이 오기 전에 평소 혼자 걷고 싶었던 곳을 찾아다녔습니다. 성산포 바닷가에 앉아 나와 이야기했고 박물관을 돌아보며 내가 전생에 무엇으로 태어났을까 하는 인연설로 즐거운 상상을 하기도 했습니다.

관광객이 찾지 않는 한적한 동네의 찻집에 들어가 감귤바람 불어오는 제주 섬의 나른하고도 게으른 햇살과 끈적이지 않고 몸을 보듬던 상쾌한 바람 속에서 크고 작은 어제와 내일

부디 저를 용서하지 마세요

의 일을 모두 놓아 버린 채 오로지 나만을 생각하며 불성실한
(?)시간을 유쾌히 보냈습니다.

한 해가 지나가고 있습니다. 지나온 세월을 돌이켜보면, 고마
운 일이 많았습니다. 간신히 지탱하고 있는 내 삶이 무너지지
않는 것을 보아서 말입니다. 한 해를 보내며 당신께 엎드려
절 올립니다.

감사합니다. 그리고 올 한 해 사랑했습니다.

바람이 분다, 살아야겠다

가장 낮은 자리에서 먼 곳을 아련히 바라보며 봄이면 행락객들 틈에서 꽃 몸살을 앓으며 무거운 생을 짊어지고 이곳저곳 떠돌며 장을 찾아다니던 내 젊은 날들, 생각하면, 생각하면, 더없이 빈곤했지만 그 하루하루에 희망을 부여하며 최선을 다했던 시간들. 이제 조금은 가벼워진 느낌이다.

장을 접고 가게에 들어앉아 사나흘은 몸살을 앓았다. 가까웠던 동료 장꾼들과의 다정했던 날들에 대해 함께 하지 못할 것이라는 생각에 혼자 쓸쓸해했다. 이 선물 같았던 5일장에서 내 생을 다해야겠다 했는데 건강에 이상이 없는 한 장터에서

머물러야겠다 그렇게 생각했는데 장을 떠나게 되었다.

라디오 채널을 돌리니 여기저기서 봄 노래가 흐른다. 몸이 리듬을 타고 흔들린다. 바람 부는 거리에 서서 일을 했는데 이렇게 거리가 보이는 창가에 앉아 장사를 하게 되다니 꿈만 같다. 아저씨 한 분이 입구에서 기웃거렸다. 본 듯도 한데 어디서 보았을까? 손님인가… 인구가 얼마 안 되는 소읍이니 어지간하면 낯설지 않다. 입구 쪽으로 나갔다.

— 뭐 찾으시나요?

키가 훤칠하게 큰 노신사다.

— 음… 그게 아니고…
— 네?

— … 여기 주인 되시지요?
— …네.

— 뭐랄까… 고맙다고 인사드리고 싶어서…

박카스가 담긴 봉투를 주신다.

— … 뭐가 고맙다고 하시는지요?

— 그게…저기…뭐랄까… 그러니까 예전에 여기 장날이면 농협 앞에서 장사한지 한 십 년은 훨씬 넘었지요?

— 네, 오래되었지요. 십오 년도 넘었습니다.

— 여기 조합원이라 자주 농협에 오면서 아주머니 저 계단에 쪼그려 앉아 다라이 하나 놓고 올갱이 팔 때부터 다 봐왔지요. 고생 많이 했지요. 그런데 이렇게 가게를 번듯하게 차려 들어앉으니 제가 얼마나 고마운지 모르겠습니다. 보기도 좋구요. 정말 열심히 살았지요. 축하드립니다. 악수 한 번 합시다.

— 고맙습니다.
— 이렇게 이제 길에서 고생하지 않아도 되니 제가 다 기쁘네요.

손을 내밀자 잡은 손 위에 또 다른 손을 얹어 다독여준다. 괜히 울컥한다. 축하해 주시는구나 하는 마음이 전해진다. 그런 일이 여러 번 있었다. 그럴 때마다 아무 연관도 없는데 잘 알지도 못하는데 누군가 바라보고 있었구나 하는 생각이 들었다.

가난에서 벗어나기 위해 악다구니를 써가며 살았는데 누군가 응원하고 있었구나 하는 생각을 하니 사람들과 부딪혀 화나고 성냈던 일들이 부끄러웠다. 이제 장터를 찾아 떠돌던 날들이 다시금 제자리를 찾게 했으니 지금부터가 시작이다. 이제 내 고향이 되어버린 옥천에서 환한 봄날에 근사한 화관 하나 선물 받았으니 지금부터 시작이다.

남은 날, 잘 살고 싶다. 종일 햇빛이 깊게 들어오는 마루를 지나 넓은 거실 한쪽 벽에 가득 차는 커다란 tv 걸어놓고 비 오는 날이면 가게 문 일찍 닫고 들어와 영화 보며 누에고치처럼 꼼지락거리며 한껏 뒹굴뒹굴 게으르고 싶다. 도시에 나가있는 장성한 아이들이 돌아오면 어릴 때 갖지 못했던 자기만의 방을 근사하지만 편하고 멋지게 만들어주고 싶다. 그런 꿈을 이곳에서 이루자.

바람이 분다. 살아야겠다.

부디 저를 용서하지 마세요

15년 전, 내가 가진 것은 이러했다. 월세 보증금 이백만 원과 아는 사람이 부도나서 중국으로 도피하면서 차를 주었지만 보험도 들 수 없는 수명이 다 된 대포차, 끝없이 따라다니던 사채 빚, 그리고 내 전부였던 고등학생인 딸과 이제 막 대학생인 된 아들 녀석….

갑자기 비가 쏟아졌다. 브러시가 작동이 안 돼 카센터에 가서 교체했는데 서너 번 움직이더니 미동도 없다. 다시 카센터로 돌아가 상황을 얘기했더니 여기저기 살펴본 사장님이 엔진쪽에 이상이 있어 브러시만 교체해서는 작동을 못한다고 한다.

— 그럼 어떻게 해야 해요?
— 엔진 쪽을 뜯어봐야 알아요. 그럼 비용이 좀 많이 나와요.

내 행색과 차 상태를 보니 말해줘야 할 것 같았다는 표정이었다.

— 그러고 이것뿐이 아니고 미등도 다 나가고 차가 고칠 곳이 많네요. 이런 걸 어떻게 타고 다녔어요? 용하네…

— 오만 원 넘나요?
— 뜯어봐야 하는데 오만 원은 당연히 넘지요.
— 우선 임시로 어떻게 조치 좀 해주시면 안 될까요. 저렇게 앞이 안 보이도록 비가 오니…
— 이건 임시로도 할 수가 없어요.

비는 여전히 그치지 않았고 빗줄기는 더 강해졌다. 비상등을 켜고 앞이 보이지 않으니 차창 문을 열고 갓길로 운전을 했다. 바로 옆 제방은 며칠째 온 비로 금방이라도 넘칠 듯 흙탕물을 출렁이며 도로를 점령할 것 같은 기세다. 어지럼증이 몰려왔다. 평소 집에 오는데 사십 분이면 오는 거리를 세 시간 넘게 걸렸다. 집 앞에 도착했지만 하늘이 구멍 난 듯 빗줄기는 더 거세졌다.

차를 돌려 어느 집 담벼락에 차를 세웠다. 그리고 비를 맞고 마냥 걷다 불빛이 보이는 곳으로 가서 소주 두 병을 샀다. 며칠째 먹은 것이 거의 없는 날이었다. 걸으면서 소주 병을 들이켰다. 걷다 보니 기차 철로가 보였다. 철로에 머리를 올리고 누웠는데 소주를 마셔서인지 춥지 않았다.

사는 것이 힘들었다. 많이 지쳤다고 해야할 것 같다. 아들 녀석에게 엄마가 사는 게 너무 힘드네… 하는 문자를 보내고 잠이 들었다. 그대로 무서움도 두려움도 없이 잠이 들었다. 한기가 느껴져 눈을 떴을 때는 철로 아래로 고개가 떨어져 있었고 사마귀처럼 몸이 웅크려져 있었다.

사방은 칠흑같이 깜깜했고 여전히 비가 내리고 있었다. 출구를 찾지 못하고 헤매다 빛을 발견하고 다가가니 역사의 사무실이었다. 출구가 잠겨있어 사무실 창문을 두드리니 안에 있던 사람이 손전등을 내가 서 있는 창가 쪽으로 비추다 놀랐는지 뒤로 물러섰다.

출입문을 따주며, "아니 거기는 어떻게 들어갔어요?" 내 행색을 보고는 더 이상 말을 잇지 못했다. 서류 하나를 내놓고는 주소와 전화번호를 남기라고 했다. 도망치듯 그 곳을 빠져나와 본능적으로 집을 향해 뛰어갔다. 집으로 돌아오니 아파트 문이 활짝 열려 있었고 두 녀석은 없었다. 시계를 보니 새벽 4시였다. 쓰린 속을 부여잡고 무너지듯 누웠다. 한 시간쯤 지났을까 어른과 아이들의 목소리가 두런두런 들리며 가까워졌다.

곧 아이들의 서러운 울음소리가 나고 경찰관이 앞서 들어왔다. 뒤따라 들어온 아이들이 나를 보고 통곡을 하고 울었다. 방바닥을 치며 아무 말도 못 하고 서럽게 우는 아들 녀석을 보고 가슴이 무너졌다. 딸은 방문을 잠그고 소리 높여 울었다. 아이들에게 엄마가 잘못했다고 빌었다. 다시는 안 그런다고 다시는 안 그런다고….

내 말이 안 들리는지 아들 녀석은 주먹으로 눈물을 닦으며 섧게 울고 또 울었다. 기차역 직원과 통화를 한 경찰관은 날 향해 야단을 치려 했던지 목소리를 높이다 우는 녀석을 보더니,

– 엄마 살아있으니 그만 울어. 그 시간이면 화물 기차가 두 번이나 지나갔을 텐데 큰일 안 당한 게 하늘이 도왔네요. 아이들 보고 사셔야지….

경찰관이 돌아간 후 엎드려 통곡하는 아이를 일으켜 세우고 아이 앞에 무릎 꿇었다.

– 엄마가 잘못했어, 용서해 줘.
– 엄마 그러지 마….

아들과 딸이 나를 부둥켜안고 울었다. 어리석은 내가 정말 큰 잘못을 했구나 해서는 안 될 짓을 했구나. 후로 지금껏 벌 서는 마음으로 살고 있다.

살아서 옷 한 벌 해드리지 못한 어머니….
어머니, 부디 저를 용서하지 마세요.

나도 가끔은 행복할 때가 있다

초판 발행일 / 2020년 12월 21일
1판 2쇄 발행일 / 2020년 12월 30일
지은이 / 안효숙
발행처 / 뱅크북
출판등록 / 제2017-000055호
주소 / 서울시 금천구 가산동 시흥대로 123 다길
전화 / 02-866-9410
팩스 / 02-855-9411
email / san2315@naver.com
ISBN / 979-11-90046-15-2 (03810)